おっさん商人、仲間を気ままに最強SSランクパーティーへ育てる
シンギョウ ガク
ILLUSTRATION 悠久ポン酢

登場人物紹介
MAIN CHARACTERS
グレイズ
Sランクパーティー
『白狼』を追放された、
40歳のおっさん。職業は『商人』。
呪いによりステータスが
MAX。
アウリース
『魔術士』として
『白狼』に加入するも、
罪を被せられて
追放される。
ファーマ
『武闘家』。
頭が悪いからと、
パーティーを
追放される。
カーラ
『精霊術士』。
自己チューな行動で、
パーティーを
追放される。

ムエル
『白狼』のリーダーで
『戦士』。
グレイズを憎んでいた。
ミラ
『白狼』のメンバーで
『探索者』。
ムエルの恋人。
メリー
鑑定屋の女店主。
グレイズとは昔からの
付き合い。
ローマン
『白狼』のメンバーで
『回復術士』。
日和見主義者。

目次

プロローグ　追放

俺は、呪いによって人並外れた力を手に入れた。同時に、その力を持ってしまったことに恐怖した。

だから一五歳のあの日に、絶対に『自分』のためには使わない、『誰か困った人』だけに、その力を使うと心に決めたのだ。

そんな決意をした俺も、気が付けばもうじき四〇を迎えるいい歳をしたおっさん。しかも借金返済のために、街での商売人勤めを辞め、手っ取り早く稼げる冒険者になってから、すでに五年の月日が過ぎていた。

「グレイズっ！　回復ポーションを寄越せ！」

俺の所属するパーティー『白狼（ホワイトウルフ）』のリーダーである戦士のムエルが、エルダードラゴンの爪攻撃をかわしながら、俺にそう要求してきた。俺は即座に、ベルトポーチに差し込んである最高級回復ポーションをムエルに投げ渡す。

「ムエル、慎重に行け。もう三〇階層を越えているんだぞ！」

ここは、ブラックミルズの街近郊にあるダンジョン。俺は三人の仲間とともに探索をしており、その途中でエルダードラゴンと遭遇し戦闘になったのだ。

「問題ない。荷物持ちのお前が口を出すな。ローマンッ！　エルダードラゴンの炎を弱めてくれっ！」

エルダードラゴンが大きく息を吸い込みはじめた。このままでは、吸い込んだ空気と肺で生成した熱源を混合した、鉄をも溶かす熱風が辺り一帯に吐き散らかされる。

「すまん、もう魔力切れだ。今回復しているから少し待ってくれ」

回復術士のローマンの魔力は先ほど放った回復魔法で尽きたらしく、エルダードラゴンの炎を防ぐための魔法を発動させられる状態ではないようだ。このままだと、俺たちはエルダードラゴンの炎で大ダメージを受けてしまう。

俺は手にした小石をエルダードラゴンの眼に向けて素早く弾く。弾いた小石がエルダードラゴンの眼を撃ち抜き、エルダードラゴンは炎を吐くのをやめて仰け反っていた。

「ムエル、なんだか知らないけどエルダードラゴンが仰け反ったわ。一気に仕留めよう」

「天がオレらを助けたようだ。ミラ、一斉に斬りかかるぞっ！」

探索者のミラが、仰け反ったエルダードラゴンに飛び込んでいくと、弱点である顎下の鱗を短剣で何度も貫く。それに呼応して、ムエルも渾身の力を込めた大剣をエルダードラゴンの脳天へと振り下ろしていた。エルダードラゴンは二人の攻撃によって断末魔の声を上げると、煙を上げて消え、ドロップ品に変化していた。

「やっぱり火力が足りねぇな……。オレたちならもっと深く潜れるし、ダンジョン主も倒せるはずなんだが」

ムエルの視線が俺に向けられている。冒険者になって五年、駆け出しの若い冒険者だったムエルたちのパーティーに、借金苦でにっちもさっちも行かなくなっていた俺が、荷物持ちとして加入していたのだ。

非戦闘職である商人は、戦闘スキルが使えない。本来ならダンジョンに潜ることすら危ないジョブであり、多くのパーティーに断わられたが、ムエルたちは快く俺の加入を認めてくれた。彼らも駆け出しで、日々の食事にも事欠く悲惨な冒険者生活を送っていたため、戦えない商人である俺の加入ですら歓迎してくれた。

俺は冒険者としての経験はなくとも、商店街の古参の冒険者たちとは付き合いが長い。彼らの培ってきた冒険者の知恵を酒のつまみとして色々と聞いているから、若いムエルたちにその知恵を伝えられればと思い、助言を続けていた。

最初の頃はムエルたちも俺の助言に耳を傾けてくれていたが、冒険者ランクが上がり、稼げるようになると、戦闘で役に立たない俺の言葉など聞く素振りすらなくなった。やがて、Sランクパーティーに昇格した頃には、リーダーのムエルがほとんどのことを決定し、俺は荷物持ち兼雑用係としてパーティーの裏方を務めるようになっていた。

「ムエル、やはり一旦ここで地上に帰った方がいいと思うんだが。そろそろ、物資が乏しくなっていることだし」

エルダードラゴンを倒したムエルとミラがドロップ品を漁っていたが、撤退を提案した俺の言葉を無視するように通路の奥へ歩き出した。

「馬鹿言ってんじゃねぇ。ブラックミルズダンジョン最高到達階層まで降りたんだぞ。きっと、もうすぐダンジョン主とご対面できるっていうのに、なんでここで帰るんだ。ありえねぇ。進むぞ」

「そうよ。ムエルの言う通りよ。ブラックミルズダンジョン最高の栄誉を得るのは目前なのよ。引き返すなんて選択肢はないわ」

「ムエルもミラも落ち着け。グレイズの言い分も一理あるぞ。どうだ、間を取って休憩を入れよう。私は魔力を回復させたいしな。ここまで来たんだ。慌てる必要もあるまい」

ローマンは魔力が尽きているためにそんな提案をする。俺の言葉には反発したムエルだったが、幼馴染のローマンの言葉には耳を貸したようで、立ち止まると俺にキャンプの設営をジェスチャーで指示した。

その後、キャンプでローマンの魔力を回復させたが、第三一階層の敵は今までの敵とは段違いに強く、さすがのムエルやミラもこれ以上は無理と判断したらしく、地上へ帰還することになった。

この探索がSランクパーティー『白狼（ホワイトウルフ）』における、俺の最後の探索となるとは、当時は知る由（よし）もなかった。


ブラックミルズダンジョン最高到達階層を達成したパーティー。これが、俺の所属していた『白狼（ホワイトウルフ）』に与えられた称号だ。

冒険者としての最高ランクであるSランク冒険者四人が所属するSランクパーティーであり、一年で最も稼いだパーティーに贈られる『ブラックミルズ年間最多獲得ウェル（賞金）』を二年連続で獲得してもいる。

五年前の結成時には、誰一人想像していなかった栄誉と栄華を得た俺たちは、上手くいっているとは言いがたかったが、俺自身空中分解する寸前まで深い亀裂があるとは思っていなかった。

地上に戻り、ドロップ品の精算と納品依頼（クエスト）達成報告を終えて、ムエルたちが拠点にしている屋敷に戻ってきた俺に対し、待ち受けていたムエルが思いもかけない言葉を言い放った。

「悪いが、グレイズ。お前にはこのパーティーを抜けてもらう。理由は言わなくても分かるよな？

お前は頭も切れる男だし。ただ、表向き追放された理由は『巷で追放が流行っているから』で頼むぞ。うちはSランクパーティーという看板があるんでな。下手な理由でメンバーを首にできん」

ムエルは、腕組みして凶悪な笑みを浮かべていた。長年苦楽をともにして、ようやくSランクパーティーとなり、生活も安定した矢先に、この仕打ちである。

「悪いけど、あたしもムエルに賛同しているの。グレイズの装備は『白狼』のパーティー資金で買った物だから、ちゃんと置いていってよね。『商人』で『荷物持ち』のグレイズには必要ない物でしょ。アハハっ！」

ミラも俺のことを嫌っていたようで、大声で笑い声を上げながら、そう指示してくる。確かにミラの言う通り、今の装備は俺の個人資産で買った物ではない。皆で達成した依頼料の中からパーティー資金としてプールしていた金で買った物であった。

「まあ、そう苛めてやるな。私らがここまで来られたのには、グレイズの力もあるんだしな。ただ、私らは新たな段階に入ったという認識で共通している。グレイズには悪いがここらで抜けてもらえると、私らはもっと深く潜れるようになるはずなんだ。すまんな。グレイズ」

ローマンはすまなそうに頭を下げているが、俺をパーティーに残す選択肢はないらしい。

「みんな、俺を不要と言うのか……。五年間一緒に潜ってきた俺を……」

「ああ、悪いがグレイズ。お前はお払い箱だ」

「そうね。もう必要ないわ」

「すまん。グレイズ」

ムエルたちの言葉に呆然となる。普通、五年も一緒に潜った仲間を追放し、しかも装備品まで剥ぎ取って放り出すとか、あり得ないことだと思うんだが。

けど、仲間は誰も止めてくれなかった。

正直、誰か一人くらい『五年もの間、パーティーを組んでいたグレイズを追放するなんてありえない！』って言ってくれる、まともなメンバーがいると思った。だが、蓋を開けてみたら一人もいなかった。誰一人、俺を必要だって言ってくれるやつはいなかったのだ。

探索時の荷物持ちはもちろんのこと、拠点の掃除洗濯、食事の準備、武器の手入れ、出納帳簿の管理、消耗品の補充、依頼の受注納品、装備品を購入するときの値引き交渉まで、ありとあらゆる裏方仕事を完璧にこなした俺であった。

おかげで、駆け出しのFランクパーティーだったムエルのパーティー『白狼』は、この五年でSランクにまで昇格を果たした。戦闘における貢献は、ムエルたちに俺の呪われた力を悟られないよう最小限にとどめていたが、明らかに俺の加入が、今のパーティーを作ったと断言していいと思っている。

事実、メンバーたちは俺のサポートを受けて生活が安定し、探索においても重量物を持ち運ぶ必要がなくなり、最大火力を発揮して今回のような偉業を成し遂げるまでに成長したのだ。

なのに、俺に対してこの仕打ちだ。胸の中に言いようのない寂寥感とともに虚しさが広がっていく。

「そういうことだから、明日からは来なくていい。次のパーティーでも探すのを頑張ってくれ。ただ、戦えない上に四〇近いおっさん商人を拾う変わり者のパーティーなんかいないだろうがな」

「そうね。いっそ冒険者を引退してメリーの鑑定屋でも手伝えば？　あそこなら養ってもらえるでしょ。グレイズとならお似合いじゃないの。アハハっ！」

「グレイズ、冒険者は引退して余生を平穏に暮らすのも悪くないと思うぞ。お前もいい歳だしな。身を固めろと周りからも言われているだろう」

苦楽をともにした仲間たちからの皮肉とも慰めともつかない言葉が、俺の心を上滑りしていく。

関係がギクシャクしていた自覚は多少あった。それに、さらに下の階層を目指すため前々から狙っていた後方火力の出せる魔術士がおり、そいつをパーティーに入れたいみたいだった。

無理に俺を追放する必要はないと思うのだが、新規メンバーを入れるにあたって気分を一新したいのだろう。俺もみんなに自分の秘密をバラさなかったという後ろめたさがある。だから、なるべくしてなった追放なのかもしれない。

「そうか……。俺は不要か……。世話になったな。今後は皆の活躍を祈ることにさせてもらうよ。

今までありがとな」

俺は装備を脱いでテーブルの上に置き、今さっき精算してきた金が入った革袋もテーブルに置くと、自らの能力を隠すために魔法のアイテムだと偽って使っていた背負子（しょいこ）だけを背負い、ムエルたちの拠点を後にした。

外はどんよりと曇り空だったが、やがて雨が降り出し、俺の身体を打ちはじめた。やはり俺が呪われた力を持つ者だと、ムエルたちに話すべきだったか……。あいつらも、俺のそういう態度に不信感を募（つの）らせていたのかもしれんな。

『誰か困った人』のために使うと決めた力であったが、やはり人外すぎる力を見た者は恐れおののき、俺と関わり合いを避け、やがて姿を消した。なので、力のことを知っている人で街に残っているのは、神殿長ただ一人だ。他の者には、ムエルたちみたいに徹底的に力のことを隠し、陰ながら助力していたのだ。

それほどまでに、俺は自分の人外の力を恐れている。街の連中は俺のことを善人だとか言ってくれる。だがそれは、善い行いをし続けなければ、呪いの力がバレたとき、仲間外れにされるのではという恐怖があるからで、けして根が善良であるためではない。

全身に降り注ぐ雨に打たれるがまま放心していると、脳の奥から囁（ささや）くような声が聞こえてくる。妙齢（みょうれい）の女性のような声であるが、あまりにも小さく、かろうじて微（かす）かに聞き取れる程度であった。

『…………だ……だいじょ……大丈夫。…………貴方には…………真の仲間……い……る』

聞き覚えはないが、声には優しさが感じられ、寒々とした俺の心の奥にポッと温かいものが灯る。

本当に、こんな呪われている力を持つ俺に、真の仲間だと言えるやつがいるのか……

『あたしの……声……聞こえる……なら……近いうちに……貴方の前に……現れる気がする』

囁く声の主はまるで俺を励ましてくれるようにも聞こえた。追放されたショックで頭がおかしくなったのかもしれないと一瞬だけ思ったが、頬に当たる雨の冷たさも普通に感じられるため、脳は正常に動いているだろう。

囁く声の言う『真の仲間』という言葉に俺の胸は高鳴り、ムエルたちによって与えられた傷を多少なりとも癒すのには役立ってくれた。

第一章　新パーティー

数日後、すでにムエルたちが勧誘していた若手有望株である、魔人族の女性魔術士に引継ぎをすると、俺は正式に『白狼』を追放されることとなった。

追放理由は『巷で流行っているから』で押し通している。本当の理由を話しても虚しいだけであるし、俺としてもしばらく時間が欲しい事態が発生していたから、余計な騒ぎを起こしたくなかったのだ。

その時間が欲しい事態というのが、例の声の人だった。あの日以来、ずっと声が聞こえるのだ。

『人を魔物みたいに言わないで欲しいですね。この数日でようやくキチンとお話ができるようになったのに。それにしても、グレイズ殿はなんで戦わないんです？』

普通、非戦闘職の商人が戦うか？　とある噂では、ダンジョンに潜る小太りの武装商人がいると聞いたこともあるが、俺はれっきとした正統派商人。武器を手に『うぉおおお、死にさらせやぁあ、このクソ魔物がぁああ！』とかしたら、絶対に俺の力がバレるだろうが。なので、ダンジョンに潜るときは、荷物持ち兼ナビゲーターとして大人しくしていたのさ。ただ、危ない場面だけは手助けさせてもらったがな。

『ふむ、そうなんですか。普通に戦える人なのにねぇ。もったいない』

まあ、追放されちまったから仕方ない。俺の身の振り方も真面目（まじめ）に考えないといけない。

だが、四十路のおっさん商人を雇ってくれるパーティーなんぞあるのか？　というか、パーティーに商人が紛（まぎ）れ込んでいたのなんか、うちしか見なかった気がするが……。マズい、これは詰んだかも。

『大丈夫ですよー。きっといい子がやってくると思いますから。きちんと受け止めてあげてくださいね』

声の主は心なしか嬉しそうな声音（こわね）で喋（しゃべ）っていた。いい子とは声の主が言っていた『真の仲間』というやつだろうか。

だが普通は、戦士、探索者、回復術士、魔術士の四人パーティーがダンジョン探索のセオリーだ。たまに戦士四人でポーションがぶ飲みして探索するとかいう、脳筋パーティーもあるが、そういったのは特殊事例なのだよ。

おっと、話が逸（そ）れそうだが、つまり商人である俺の冒険者としての需要はほとんどないのだ。

『戦士とかに転職してみたらどうです？』

それができればとっくにしているさ。なんで俺が転職できないか聞きたい？

『聞いてみたいです。あたし、あんまりこの世界のこと知らないんで、教えてもらえます？』

聞きたいか。仕方ない、話して進ぜよう。

事の起こりは、俺が一五歳になって、神殿で成人の儀式であるジョブ鑑定を受けた頃、今から二五年以上前だな。俺にも若い時期があったんだぞ。

当時は地上の店で丁稚奉公していて、その店では、冒険者が持ち込んだドロップ品の鑑定作業を鑑定スキルでしていたのさ。そのときに呪われちまってね。

これでも目利きのグレイズって巷じゃ有名な鑑定眼を持っているんだぜ。おかげで、ムエルのパーティーでもドロップ品の良し悪しがダンジョン内で鑑定できて、高価なドロップ品だけを選んで持ち帰り、莫大な利益に繋がっていたんだがな。

『へええ。すごいですね。鑑定スキルを使っていっぱいお金稼いでいたのですね。で、なんで呪われたのです？』

ああ、すまん。話が逸れた。そうそう、俺の若かりし頃のドジの話だったな。要は丁稚奉公から商人になって初めての鑑定作業をしていた俺が、鑑定をミスってドロップ品に掛けられていた呪いを浴びたわけ。

『鑑定ミス？　グレイズ殿が？　で、その呪いどうなったんです？』

そう急くな。その呪いは神殿長様でも解けない特殊なものでな。職業が固定される代わりに、ステータスがＭＡＸになるとかいう意味不明のものだったのさ。

まあ、その後色々とあって普通に地上で商売人をしていたのだけど、五年前に勤めていた店が倒産してな。おまけに借金の返済もあって、金に困っていたときに、さっきのパーティーのやつらに拾ってもらったのさ。

『グレイズ殿が商人だと知っていてメンバーにしたんですか？』

あいつらも駆け出しで、メンバーが三人しかいなかったから、商人である俺を入れざるを得ない状況だったと記憶している。そこまで追い詰められない限り、商人をパーティーに迎え入れようなどとは思わないのさ。そうやって、あいつらのパーティーに入って五年間頑張っていた。

だが、メンバーに言わなかったことがある。俺の呪いの力のことだ。アレの呪いは俺以外だと、この街では神殿長しか知らない。あと、お前くらいだな。

『そんなに気にしなくてもよろしかったのでは？』

その件は俺に勇気がなかっただけさ。駆け出しだったあいつらの探索を助けるため、見えないように手助けをしてはいた。戦闘スキルこそないものの、ステータスＭＡＸそれ自体が、戦闘スキルを超える戦闘力を発揮する。

駆け出しだった彼らに分からぬよう罠を感知したり、バックアタックを仕掛けようとした魔物を指弾で葬（ほうむ）ったり、転んだと見せかけて魔物の攻撃からメンバーを助けたりしていた。目立たぬようにそっとな。

『で、グレイズ殿の陰の手助けを知らないメンバーたちに、イラナイ子扱いされて追放されちゃったんですね』

そう言われると何も言い返せないな。確かに俺は、傍から見たら何もしてなかったからな。

『いっそのこと、力のことをバラせばいいじゃないですか。お前らがSランクになれたのは俺のおかげだって』

おいおい、やめてくれよ。仮にもSランクパーティーのメンバーたちが、Sランク冒険者とはいえ非戦闘職のおっさん商人に助けられていたなんて知ったら、卒倒しちゃうだろ。それに俺は、この呪われた力のことを口外する気がないんだ。『誰か困った人』のためには使いたいと思っているけどな。

『グレイズ殿は超が付くほどのお人よしですね。だから、あたしが目覚めなかったのかもしれないけど』

俺がお人よし？　違うさ、俺は臆病（おくびょう）者なんだよ。過度な力に怯（おび）えて善人を装っているだけさ。

『そうですかねぇ。あたしは、グレイズ殿は根っからの善人だと思いますよ』

四〇のおっさん商人を褒めても何も出てこないぞ。けど、お前にだけはなんでも包み隠さずに喋（しゃべ）

れてしまうのは不思議だな。姿は見えないが声は聞こえるとかいう厄介な存在だが。

　そこで不意に、声の存在が感じ取れなくなった。この数日で分かったことだが、あの声の主はたまに寝ているらしい。声が聞こえなくなったということは、きっと寝入ったに違いない。

　俺は暗くなりはじめたブラックミルズの街から自宅に向けて歩き出した。

『商人グレイズ』、Sランクパーティー『白狼』追放。その噂は、瞬く間にブラックミルズの街に広がり、俺の争奪戦が繰り広げられないか微かに期待を抱いたが、手を挙げるパーティーは皆無だった。まあ、妥当な結果か……。眼からしょっぱい水が零れてら。


　ふむ、暇だ。日課だった掃除や洗濯、帳簿付け、武具の手入れ、消耗品の購入やドロップ品の売買がなくなったことで、この一ヶ月、暇を持て余している。しょうがないので、今日も今日とて街ブラしつつ、冒険者ギルドにでも顔を出そうと考えていた。

「あら、グレイズさん。まだ、次のパーティー決まらないの？」

　街をぶらりと歩いていたら、顔なじみのポーション屋の奥さんが声をかけてきた。

　ここは、体力やスタミナ、そして魔力を回復するポーションを始め、身体能力を向上させたり、解毒、麻痺、石化を解くものなど色々と取り揃えている店で、俺はまとめ買いをする常連として顔を覚えられていた。

『グレイズ殿はお知り合いが多いんですね。街を歩いていると誰からも声がかかりますし』

これでも、商店街のみんなには顔が利く方だ。困りごとを色々と解決してきたからな。ポーション屋さんにも、緊急納品とか頼まれて、解決してあげたことも何度かあるぞ。

「ギルドにも登録しているんだが、引き合いはないなあ。困ったもんだ」

「全然、困ってなさそうに見えるわ。グレイズさんの目利きは、十分戦力だと思うんだけどねー。今の冒険者の子たちは、火力至上主義だからね」

ポーション屋の奥さんの言う通り、今の冒険者は火力を至上と考える。稼げる冒険者ランクに上がるにはとにかく火力を上げて、一気に『脱』駆け出しと言われる第一〇階層を突破することが、冒険者の間で推奨されているらしい。なので、俺みたいに戦闘スキルを持たない商人は、はなから相手にされないと知っていた。

「まあ、じっくりと待つさ」

俺はポーション屋の奥さんに肩を竦めてみせると、癖になっている商品の品定めを始めていく。

そんな俺の姿を見た奥さんは、パチリと手を叩いて何かを思い出したようだ。

「そうだ。鑑定屋のメリーさんが、暇なら手伝ってくれないかなって言っていたわよ。どうせ、暇でしょ？　手伝ってあげたら？」

メリーは、俺が暇なときによくアルバイトしている店の女店主の名前である。

「メリーがそんなことを言っていたか。分かった。ちょっと顔を出してくるよ」

　俺はポーション屋の奥さんに会釈すると、鑑定屋に向かった。


　街外れにあるブラックミルズダンジョンに近い唯一の鑑定屋は、ダンジョンから持ち帰ったドロップ品の鑑定を待つ冒険者でごった返している。

　ドロップ品は鑑定され、呪いの有無、品物の素性などがはっきりとした物しか、街での売却はできないのだ。

　鑑定スキルには何種類かあって、探索者は『物品鑑定』一種類。商人は『物品鑑定』『価値鑑定』『呪い鑑定』の三種類を覚えられる。

　物品鑑定は、そのドロップ品の名称や、使用用途が判別できるもっとも一般的な鑑定スキル。

　価値鑑定は、物品鑑定で判別したドロップ品のおおよその市場価値が判別できるちょっとレアな鑑定スキル。

　呪い鑑定は、価値鑑定で判明したドロップ品に呪いがかかっているかどうか判別できる超レアな鑑定スキルとなっている。

　ちなみに俺は、商人一筋二五年。呪い鑑定まで使える超レア鑑定士でもあるのだ。街で商人だったときは価値鑑定までしか使えなかったが、ムエルのパーティーに加入した後、ダンジョン内で鑑定しまくっていたら、呪い鑑定まで覚えた。

この街で呪い鑑定までできるのは、俺か鑑定屋のメリーだけだ。そのメリーが経営する鑑定屋の入り口をくぐると、さっそく声をかけられた。

「あ、グレイズさん！　こっち、こっち！　早く手伝って」

店の奥で鑑定作業をしていたメリーが俺を見つけたようで、手を振っている。

父親の跡を継いで、鑑定屋を切り盛りしている女性だ。歳はたしか、二五歳。独身であったはず。黒い艶(つや)やかな長い髪を束ね、黒く輝く瞳で鑑定品を厳しく品定めする商魂逞(たくま)しい女経営者である。

俺が彼女にいざなわれるまま店に入ると、アルバイトするときに決まって座る専用の椅子を差し出された。冒険者だった頃、ダンジョンに潜らない暇な時間は、小遣い稼ぎを兼ねて鑑定屋のお手伝いしていたのだ。

「確かに無職になって暇だがな……。なんか人使いが荒くないか？」

「いいから、それ鑑定して」

女一人で店を切り盛りしているためか、メリーはハキハキとしたものいいをする。だが、溌溂(はつらつ)とした活動的な女性は嫌いではない。

メリーの勢いに押され、手渡された物を鑑定する。

手渡された品物は、火属性をまとった魔法剣の『紅魔(こうま)の剣』だ。買い取り値は二〇〇〇ウェルが

妥当。それ以上はちょっと高いな。呪いはなし。

鑑定した物の名称、価値、呪いの有無を紙に書き込んでいく。

メリーの鑑定屋は買い取りも同時に行っているので、買い取り値が冒険者側と折り合えば、その場で買い取ることもあるのだ。商品とともに鑑定書をテーブルに置く。

「終わった。次は？」

「相変わらず早いわね。じゃあ、次はこれをお願いね」

新たに渡された毛皮の品物を鑑定する。

ちなみに鑑定スキルを発動させると魔力を消費するのだが、俺の魔力は例の力でステータスＭＡＸのためほとんど減らない。一般的な商人だと鑑定できる数は一日百件程度だが、俺は時間がある限りほぼ無限に鑑定が扱えると思われる。実験をしたことがないので本当に無限鑑定できるかは分からないが。

そんなことを思いつつ、鑑定品に視線を落としていく。『銀狼の毛皮』か。こいつは好事家に需要があるから、買い取り値一二〇〇ウェルまで可能。呪いなし。

とまあ、こんな感じで次々鑑定をこなしていくと、溢れかえっていた冒険者の数も減っていった。

『あっという間に鑑定品がなくなりましたね。グレイズ殿の鑑定能力は素晴らしい』

例の声の主が起きてきたようで、軽やかな声が脳内に広がった。俺の鑑定スキルにかかれば、ざっとこんなもんよ。

「お疲れ様、グレイズさん。これ、どうぞ」

紅茶とともに甘味が出てくる。ひと仕事終えるといつも出してくれていて、今日の甘味はプリンだった。このメリーお手製の甘味を目当てに本日のアルバイトに来たと言っても過言ではない。

「すまんな。それにしても、もう少し人を雇った方がいいんじゃないか？　需要に供給が追いついてないぞ？」

「それなら、うってつけの人物が眼の前にいるんだけどねぇ。グレイズさん、せっかく無職になったならうちに永久就職しない？　今なら甘味が毎日ついてくるわよ。ほら、家も父さんいなくなったし、空いているからさ」

メリーの父とは同じ店で働いていたこともあり、彼が独立してからも懇意にしていた。その娘であるメリーとは、彼女が子供の頃からの知り合いだ。

メリーも綺麗(きれい)な子になったなあ。そうか、俺ももう四〇だったな。永久就職ってことは、俺に婿(むこ)入(い)りしろということだろうか？　困るよ。困った。知り合いの子供と結婚だなんて、世間様が聞いたらなんて言うか。それに、四〇と二五って歳の差がありすぎだろ。これは、いかんな。

「いかんぞ。俺は独身で、お前も独身だ。そんなのが一緒の家にいたら、周りの人がなんと言うか」

「夫婦だろうね。私はいいわよ。準備オッケー。いつでもバッチコイよ」

待て、メリー。手をワキワキさせるな。親父さんが天国から見たら悲しむぞ。

「それに、『目利きのグレイズ』がうちにくれば、店舗を増やしても商売繁盛間違いなしだわ。どう？　私と結婚しましょうよ」

欲望丸出しのメリーだった。そういえば、この子はそういう子だったな。商売繁盛こそが生きがいの商魂逞(たくま)しい子であった。

「なら、お断りだ。扱(こ)き使われる姿しか見えない」

「ええ。そんなあ。グレイズさぁ～ん」

メリーが未練がましくしがみついてきたが、昔からの知り合いとはいえ、結婚となれば話は別である。俺は丁重にお断りした。

『おや、懐(なつ)かしい匂(にお)いがする方ですねぇ。この方はグレイズ殿の婚約者ですか？』

ち、違うぞ。勘違(かんちが)いするな。知り合いの娘だ。

『慌(あわ)てるところを見ると脈ありと見ました』

本当にただの知り合いの娘で、昔から知ってるだけなんだ。それ以上でもそれ以下でもないからな。

声の主はまた眠りに落ちたのか、俺の返答を聞かずに気配が消えていた。まったく油断も隙(すき)もない。俺みたいな呪われたおっさんが若い娘を嫁にしたら、その娘が不幸になるだろうが……

俺は、肌身離さずに着けている銀色の腕輪を見てため息をつく。この人外の力がなければ、俺も家庭ってやつを持って、子供の一人もいたんだろうかな。有り得たかもしれない、もう一つの人生に少しだけ思いを巡らす。

「グレイズさん。顔が深刻そうだけど、大丈夫？　新しいパーティー見つからなかったら本当にここで働いてもいいからね」

ぼんやりしてしまった俺を心配したのか、メリーが声をかけてくれた。その一言を聞けただけで心がホッコリ温かくなる気がした。

「ああ、そうなったら奉公人として雇ってくれ。くれぐれも婿入りじゃないからな」

「頑固ね。でも、最初は奉公人からでいいわよ」

その後、残っていた甘味をご馳走になり、本日のアルバイト代をもらい、メリーにお礼を言って店を出ると、メンバー募集の通知が出てないかを確認しに、冒険者ギルドに顔を出すことにした。

朝の依頼受注も終わり、昼時に近い冒険者ギルドは閑散としている。

「あー！　グレイズさん！　こっちきてください～！　大変です。大変」

俺を呼んでいるのは、依頼受注をしている職員のアルマだった。新人の頃から、俺が所属していた白狼の担当をしてくれていた。ちょっと抜けているけど、根は真面目な娘なので、困りごとを持ち込まれると、コッソリ白狼の依頼に混ぜて解決したりもしていた。

最初は依頼確認をしていたムエルたちも、Ａランクになった頃から俺任せにしていたので、受注した依頼の細かい内容までは把握していなかったのだ。階層に巣くう魔物の討伐要請、高難度の敵から得られるドロップ品の収集、ダンジョンの奥でしか生成されない魔結晶の奪取など、アルマが他の冒険者パーティーに振れない、不良案件の多くを解決させてもらっていた。

「おー、アルマ。ちゃんとやっているかー」

「『おー、ちゃんとやっているかー』じゃないですよー。グレイズさぁ～ん。助けて～。不良案件化した依頼が溜まっています～。早く、早くパーティー見つけて冒険者に復帰してくださいよぉ～。えぐ、えぐ」

泣いてる泣いてる。これは、面倒な依頼を冒険者パーティーに受けてもらえなかったようだな。押しが弱いというか、人がいいというか。ギルドの窓口職員は、荒くれ者が多い冒険者をあしらうことが仕事だが、彼女はあまり向いてないかもしれんな。

「早く冒険者に復帰しろと言われてもなあ。引き合いがないんじゃ……」

「ソロでもいいですからぁ。お願いしますぅう」

「無茶を言うな。非戦闘職である『商人』の俺が、ソロで潜れるわけがないだろう」

『潜れるじゃないですか。ステータスＭＡＸなんですし』

確かに潜れるけどな。深層階は無理だが、中層階までなら、ソロでもステータスＭＡＸのパワーを使ってなんとか潜れるはずだ。ただ、そんなことしたら、人外の力が周囲にバレるだろうし、そんな力があると知られたら、俺はこの街にいられなくなる。それだけはなんとしても避けたいんだが。

『ふむ、グレイズ殿は深く考えすぎなんですよ』

そうだといいんだが。人の心の中は覗き見られないからな。臆病者の俺には安全策を取ることしかできねえのさ。というか、さっきまで寝ていただろ、お前。

表層に現れたかと思った声の主だったが、またすぐに気配を消してしまった。

「グレイズさん？　グレイズさん？　もしかして怒りましたか？　さっきは取り乱しました。許してください」

「あっ、いや。別に怒ったわけじゃないさ。ちょっと考え事していてな」

「よかった。グレイズさんに嫌われたかと思った。でも、困りました。ギルドのお得意様から、早急に銀狼の毛皮を納品して欲しいと言われていて、潜れるパーティーを探しているんですよー。でも、担当の中で、今手が空いていて、中層まで潜れる子いなくてー」

アルマがいつものように困り顔をしてこちらをチラ見していた。チラ見のお願いされてもソロ中層階は無理だからな。というものの、アルマが欲している『銀狼の毛皮』は、メリーの鑑定屋で出ていたな。確か、冒険者から買い取ったし。アルマが困ってそうだから、助けてあげるか。小遣い稼ぎもしないといけないしね。

「アルマが困ってそうだからな。その依頼（クエスト）なら、ソロで受けるよ」

「え!?　ホントですか？　中層階でしか手に入れられませんよ。ホントに行くんですか？」

依頼（クエスト）を受けると言ったらアルマの顔が驚きに固まっていた。どうやら、俺がソロで潜ると思っているらしい。

「ダンジョンには潜らないよ。さっき寄った鑑定屋に売り物として出ていたんだ。お使いミッションなら任せておけ」

冒険者ギルドからメリーの店に走って買いに行き、品物を持って帰ってくるだけのお仕事なので、危険性はまったくない。

「ホントですか！　助かります！　依頼料五〇〇〇ウェルですけどいいですか？」

「ああ、請け負った。すぐに納品するよ」

「助かりますぅ〜！　これで、ギルドマスターから怒られずに済みます」

「暇だからな。いいってことさ」

ペコペコと頭を下げるアルマを制して、ひとっ走りメリーの鑑定屋に戻ると、商品出しされる前の『銀狼の毛皮』を二三〇〇ウェルでゲットした。依頼料五〇〇〇ウェルから買値二三〇〇ウェルの差額である二七〇〇ウェルが俺のポケットに入る予定だ。


お使いミッションを終え冒険者ギルドに戻ると、『銀狼の毛皮』をアルマに納品する。

「はわわ、本当に『銀狼の毛皮』がありますぅ。本当に、本当にありがとうございますぅ。さすが、グレイズさんです。依頼品（クエスト）受領確認しました。依頼料五〇〇〇ウェルをお渡しいたします」

「おう、こっちもいい小遣い稼ぎができた。ありがとな、アルマ」

「こちらこそ。助けていただきありがとうございます」

「それはそうと、俺の引き合いは今日も来てないか？」

アルマから依頼料の五〇〇〇ウェルを受け取ると、冒険者ギルドにきた本来の目的を果たすことにした。アルマがすぐに台帳を取り出してパーティー参加の打診があったかを確認してくれているが、チラ見したところ、今日もダメそうだった。

「すみません。やはり『商人』の方の引き合いはありませんね。どうです？　いっそのことギルド職員になられたら。グレイズさん鑑定できますし、客あしらいも上手いので、絶対にいいと思うんですけど。ギルドマスターのジェイミーさんには私から推薦しますし」

「んー。ギルド職員ねぇ。それも考えたがな、まだ冒険者として頑張（がんば）りたいという気持ちも残っているし」

「えー、そんなあ。ギルドも鑑定する人が手薄で常時募集かけているんですから。ねっ、ねっ、職員どうです？」

グイグイと腕を引っ張ってギルド職員への転職を勧めるアルマを制していると、背後で誰かを罵る声が聞こえてきた。

「ファーマ、今度という今度は許さねぇぞ。毎回、毎回、同じドジを踏みやがって‼　お前のせいで、俺らのパーティーはいつまで経ってもランクが上がらねえんだ。自分は馬鹿だからってのが、いつまでも免罪符になると思うなよっ！　もう我慢ならねぇっ！　追放だ、追放。悪いがお前とは今後組まねぇぞ。一人で野垂れ死にしろっ！　クソがっ！」

あー。どこかで聞き覚えのある言葉だ。こちらとしても最近追放された身。その言葉を聞くだけで暗く寂しい気持ちが湧き上がってくる。

ムエルのやつが流行っているとは言っていたが、あんな駆け出しっぽい若いパーティーにまで、追放が流行っているのか。世も末だな。

大体、依頼が成功しないパーティーは、リーダーの判断力が皆無か、パーティー全体の能力不足のどちらかで、個人のミスなど、メンバーが協力し合えばどうということはないのだ。むしろ、助け合って成長するのが、パーティーメンバーの本来の姿だと思うが。

最近の若いもんは、俺が絶対に正しいって独善的すぎて、見ているこっちが痛々しく感じる。

争っているパーティーを見ると、仲間外れにされているのは、一〇代後半の黒いショートカットで、猫耳と尻尾を持つ獣人の女の子だった。小柄な彼女は見るからに気が弱そうで、リーダー格であろう戦士の男の言葉に震えて、紫色の綺麗な瞳からポロポロと大粒の涙を流しているだけであった。

いかんねー。実にいかんよ。男子たる者、女性には紳士的態度を崩してはいけない。俺がおっさんなせいもあるが、女性を苛めるやつを見るとぶん殴りたくなる。けれど、今それをやると獣人の女の子に迷惑が掛かりそうなので自重することにした。

「ごめんなさい。ごめんなさい。もう、二度と失敗しないから、ファーマをパーティーから外さないで。仲間外れは嫌。なんでもするから、お願い。お願いだよ」

獣人の女の子はファーマというらしい。その子が男性戦士の足にしがみついて、懇願していた。

「ファーマのその言葉は聞き飽きたんだわ。お前は、それを何度続けた？」

彼はファーマを蔑んだ眼で見据える。男の侮蔑的で冷たい視線にゾッとするものを感じる。あれは憎しみという感情が表に出ているだろう。

「ひぐっ……分かんない……。ファーマ、頭悪いし」

ファーマの言葉を聞いた男性戦士が、足にしがみついていた彼女を蹴り飛ばす。勢いよく蹴られたファーマは、ギルドの受付窓口に背中を打ちつけてしまった。

「ちょっ！　お前ら！　いくらなんでもやりすぎだろっ！」

思わずファーマに駆け寄り、助け起こしていた。

「うるせぇ。おっさんのくせに出しゃばるなよ。俺らはもう、ファーマの馬鹿さ加減には付き合ってらんねぇよ。とにかく、ファーマ、お前は今から俺らの仲間じゃないからな。あとは自分でなんとかしろ」

揉めていたパーティーは、ファーマを残し、悪びれる様子も見せずに冒険者ギルドから足早に立ち去っていった。その様子を見ていた他の冒険者もクスクス陰で笑うだけで、ファーマの心配をしているやつは皆無だ。それに、ヒソヒソと何やら喋る声が聞こえてきた。

「あいつまた追放されているじゃん。今回ので何個目のパーティーだよ」

「三つ？　四つ目か？　みんな、あいつの馬鹿さ加減が露呈して追放されたんだろ。何度言っても覚えないし、同じ失敗を繰り返されたら、そりゃあキレるのも理解できるわ。ちょっとかわいい顔しているけど、絶対に地雷案件なんで、間違ってもパーティーに入れるとか言い出すなよ」

「あったりめーだ。うちは遊びでパーティーメンバー増やすほど余裕はないぞ。完全に地雷案件なやつなどお断りだ」

ヒソヒソと話し合っていた冒険者たちは、ファーマのことを地雷案件と呼び、どこか見下した気配を感じさせる視線を注いでいた。

俺も役立たずとパーティーから見切られて追放された身である。いつの間にか、ファーマのことを我がことのように感じてしまっているのに気付いた。

「おい君。大丈夫か？　怪我はないか？」

不安なのか、怪我が痛むのか、ファーマが俺の腕の中で紫色の綺麗な瞳からポロポロと涙を零し、しがみついてきた。

「ファーマがパーティーのみんなにいっぱい迷惑かけたから、仲間外れにされちゃった……。どうしよう、ファーマは頭悪いし、お金もないし、ダンジョンにも潜れなくなる。どうしよう。どうしたらいいの。一人は怖いよ。ねえ、ファーマはどうしたらいいの？」

見ず知らずの男である俺にしがみついて泣いているファーマは、明らかに一人ぼっちになることに恐怖を感じて泣いていた。

「ファーマちゃん。私たちがお話聞くから、こっちにおいで」

ファーマを見かねたアルマが、優しく彼女を椅子に座らせた。そして、アルマが俺に送った視線には『グレイズさんも暇だから、お話一緒に聞いてもらえますよね』的な意味が含まれていた。

はい。心得ました。追放されたという同じ身の上の俺としても、放っておくことはできない。

できれば彼女の力になってあげたい。

で、ファーマの話をアルマとともに聞くことになった。ファーマは話すことが苦手なのか、内容が前後したり、難しい単語が使えなかったりしたが、根気よく聞き出した結果がこちらだ。

一五歳、猫系獣人の女の子で、冒険者として登録して一年目の新人らしい。

ジョブは驚いたことになんと『武闘家』だ。

俺の『商人』よりも、冒険者のジョブとしては珍しくないが、新人冒険者ではあまり見かけないジョブだ。近接職で素早い攻撃を得意とするジョブだと記憶していた。だが、序盤に覚える戦闘スキルが微妙で、癖の強いジョブだって聞いたことがある。普通はベテラン戦士が転職して就く、上位ジョブだったはず。

そんなジョブに、冒険者一年目の新人が就いていれば、能力不足と言われるのもうなずける。しかし、上位ジョブである『武闘家』になぜなっているのか。その理由をファーマに尋ねても要領を得なかった。冒険者になったときにはなっていたらしい。

ちなみに、ファーマも最初の仲間から勧められて、『戦士』に転職しようとしたらしいが、どうやら呪われていて、転職不可だったみたいだ。

もしかして、俺と同じようにドロップ品の呪いの影響かもしれないと思ったため、彼女に許可を取って装備品を調べさせてもらった。だが、特に呪われた品はなかった。

今のところ、転職不可の駆け出し『武闘家』というのが、ファーマに与えられた状況だ。
おかげでこのままだと、成長できず、他のパーティーに行っても足手まといとして、同じような目に遭(あ)う可能性が高い。

「ファーマは冒険者を辞めた方がいいの？」

少しだけ落ち着いたファーマが紫の瞳を潤(うる)ませて俺を見上げていた。

「んー。微妙なところだな。成長すれば、『武闘家』は火力を出せるスキルを覚えるからな。それまで我慢して組んでくれるパーティーがいればいいんだが。アルマ、誰かいないか？」

隣で登録名簿をパラパラとめくるアルマに、ファーマを受け入れてくれそうなパーティーを見繕(みつくろ)ってもらっている。

「んー。今は駆け出しの子も、攻略優先でパーティーを組みますからねー。成長の遅い子を入れてくれるパーティーはなかなかないかなー」

確かに若いやつらは、ダンジョン攻略法とか言って、駆け出しのまま一気に第一〇階層まで突破することを優先し、冒険者ランクを上げるために納品依頼も割りのいい物を優先的に受けている。
そしてそれを効率よくこなすべく、戦闘火力を優先したパーティー編成をするのが主流だと聞いている。それが悪いとは言わん。実際ムエルたちのパーティーもランク上げ至上主義を掲げ、一気にSランクまで駆け上ったからな。

ただ、俺が地上で商人をしていた頃は気の合う子とパーティーを組んで楽しんでいるやつらも多数いたのに、今はちょっとでもミスすると罵声が飛ぶようになった。

ダンジョン内ではチームワークが必要なんだが、若いやつらはそんなのお構いなしに、火力だけ重視してパーティーを組みやがるせいで、たった一つや二つのミスで揉めることになるんだ。

「ファーマは……どうすれば。どうしよう」

不安そうに瞳を潤ませているファーマは、このままだと俺と同じように無職となりかねない。アルマとともにどうしたものかと考えていたら、背後で聞き覚えのあるセリフが聞こえてきた。

「おい、カーラ。お前、きちんと援護しろ」

「無理。お前ら、ポンコツすぎ。支援無駄」

「なんだと!?　そうやって、お前が自己中心的に行動するから、依頼に失敗して俺らがランクアップできねぇんだ。俺の指示に従えって!!」

あー、既視感のあるセリフですなあ。この冒険者ギルドでは日に何度もこういった事態が起きているのだろうか。追放流行りすぎだろ。と思ったが、まだ判断するのは早いな。ただの喧嘩かもしれない。そうそうパーティー追放が発生するわけが――

「追放だ、追放。お前とは組んでられねぇ」

発生しました。本日二度目です。ムエルのやつが『巷で流行っているから』を俺の追放の理由にした意味が多少理解できた。日々これくらいの頻度でパーティー追放があるとすれば、表向きの理由としてはあり得ると思ってしまった。

「分かった。こっちこそ、ポンコツと縁が切れて清々」

魔法職っぽい女性が啖呵を切ると、パーティーのメンバーたちが冒険者ギルドを立ち去っていった。嫌だねぇ。この空気。冒険者同士仲良くしようや。

追放された女性は喫茶コーナーに座ると、エールを注文してグビグビと飲みはじめていた。その様子を見ている冒険者たちが、またヒソヒソ話を始めていた。

「あいつ、エルフのカーラだろ？　また、トラブったのかよ。あいつ言葉が上手く使えねえし、やることが意味不明だし、自分の都合で動くって噂だろ」

「そうそう。絶対に他人の指示に従わないって有名らしいぞ。あいつも、さっきのファーマと同じく地雷案件だろ。回復支援の使えるジョブとはいえ、自分勝手な回復役なんて怖くてパーティーに入れられねぇよ」

ヒソヒソ喋っていた冒険者たちは、カーラと呼んだ、喫茶コーナーでエールを浴びるように飲むエルフの女性を遠巻きに見ているだけであった。

そんな彼女に向かって近づく人影が見えた――影の主はアルマである。ちょ、アルマさん。何をしているんだい。あ、えーと。もしもし？

「お嬢さん、もしかしてパーティーメンバー募集していませんか？」

アルマが揉み手をしながら、カーラに話しかけていた。

「誰？」

「冒険者ギルド職員のアルマと申します。ちょっとお話を聞いてもらいたいことがありまして、お時間あります？」

酒を飲んでいたカーラに、アルマがニコリと笑みを浮かべると、俺とファーマのいるカウンターを指差した。アルマがやけに積極的だ。普段は冒険者にあまり話しかけないのにな。人のいいアルマのことだから、ファーマの境遇に同情したのだろうか？

アルマによって連れてこられたのは、金髪でストレートロング、碧眼に耳が尖ったエルフの女性だった。森の妖精と言われるエルフ族は、長命種とされ、顔と年齢が合わない種族である。つまり外見は若くとも、年齢は俺よりも数倍上ということもあるのだ。

「今、時間できた。話、聞いてもいい」

追放されたことでカーラもメンバーを探そうとしていたらしく、アルマの話を聞く気になったようだ。ただ、カーラはこちらの言葉に慣れていないのか、片言の言葉を話しているのが少し気になった。

二人のやり取りをぼんやり見ていたら、アルマから『グレイズさん、カウンターに新しいお茶準備して』的な視線が飛んだ気がしたので、ギルドに常備してある給茶ポットのセットを持ってくることにした。

「というわけで、カーラさん。このファーマちゃんとパーティーを組みませんか！」

アルマ、鼻息が荒い。あと、カーラとの顔が近いよ。そこまで前のめりだと、相手も困るだろ？

そんな俺の心のツッコミを無視するように、アルマは顔を近づけたまま、カーラというエルフの女性の手をギュッと握った。

「アルマ。顔近い。あと、ちょっと痛い」

「ああ、ごめんなさい。ごめんなさい。このファーマちゃんが可哀想で、ちょっと力が入りすぎました」

「カーラさん、ファーマは頭悪いけど、仲間になってくれる？」

ファーマ必殺のウルウル瞳攻撃に曝されたカーラの喉がゴクリと鳴った。

「ファーマの仲間……。獣人の生態、非常に気になる。尻尾とか耳触っていいか？」

「うんっ！　ファーマの仲間になってくれるなら触っていいよー」

再びカーラの喉がゴクリと鳴った。あれ？　これって……

「分かった。その条件で仲間になる。けど、私、『精霊術士』。『攻撃魔法』使えない。『回復』『支援』しかできない。それでもいいか？」

カーラは『精霊術士』か。この子も上級職だな。そんな子が、あんな駆け出しっぽい子とつるんでいるのも珍しいが……

確か『精霊術士』は、精霊の力を使い、回復と支援の魔法系統が充実したジョブなはずだ。攻撃魔法は覚えられないが、回復と支援で前衛を援護してくれるのだ。だが、これもベテランの回復術士が転職後に就くのが一般的な上位ジョブである。なので、俺はおそるおそるカーラに転職前の職業を聞いてみることにした。

「話の途中ですまないが、カーラは『精霊術士』の前の職業は、何だったんだ？」

「ん？　そんなのはない。私、冒険者になってずっと『精霊術士』」

なんか、聞いたような話だな……。あ、ファーマと同じか。これも流行りか？　転職せずに上級職スタートなんて、普通あり得ないだろ？

「本当にか？」

「私、嘘吐かない。エルフ、嘘はない」

「そうか……」

俺の質問が気になったのか、カーラが訝しげな顔をしてこちらを見ていた。

ファーマやカーラみたいな上級職スタートは結構アリのようだ。冒険者人生も五年以上になるが、俺の知らないことはまだまだあるようだな。人生四〇年でわりと色んなことを知ったつもりでも、世の中は不思議に満ちているらしい。

「これで、あとはグレイズさんを入れておけば、駆け出しでも大丈夫ですね。パーティーメンバーは『商人』『武闘家』『精霊術士』。うーん。なんとかなりますよね。戦えないまでも、グレイズさんは元Sランクパーティー所属のベテランSランク冒険者ですし」

「このおっさん。Sランク冒険者……。なるほど、有能そうな匂いがする」

カーラの訝しげだった眼が、Sランク冒険者と聞いた瞬間に豹変した。一応、ムエルたちのパーティーでSランク冒険者まで昇格しているし、呪われた力によってソロでも中層階くらいまでは普通に歩き回れる自信もあるが……

そんな中、アルマが何やらサラサラと書類に文字を書いていた。よく見ると、その紙はパーティー新設の申請書である。いつの間にか俺は、カーラとファーマの面倒を見ることになっていた。

そんな話聞いていない。謀ったな、アルマ！　どう見ても駆け出し二人を、俺に押しつけようという魂胆だろう。

パーティーメンバーだと告げられた二人の眼がこちらを見ている。

やめろ、その棄てられた子犬のような期待に満ちた眼を俺に向けるな。そんな眼で見られたら、見られたら……

「し、仕方ねぇな。ただ、俺に新しいパーティーが見つかるまでの期間限定だぞ。なにせ俺は、非戦闘職の『商人』だからな。先輩冒険者として色々と助言はしてやれるが、ほとんど戦えない。それでもいいのか？」

俺はいつもの癖で、自分の力のことをファーマやカーラたちに伝えずにいた。

二人の境遇には同情するが、彼女らはまだ若いから、ある程度実力が付けばどこかからオファーが来ると思う。どうせ別れることになるので、お互いのことを深く知る必要もないと判断したのだ。一時期だけの暫定パーティーだろうし、別れが辛くなるなら最初からある程度の距離を置いた方がいい。

俺は自分の気持ちを誤魔化すように、そう考える。

「ファーマは、ドジで頭悪くて、役に立たないけどいいですか？」

ファーマが不安そうな顔を俺へ向け、紫色の透き通った綺麗な瞳を潤ませている。せめて、彼女が冒険者として一人前になる手助けくらいはしてあげよう。

「私、有能。任せておけ。グレイズ、後ろで見ていればいい」

カーラもトラブルメーカーとしての素質があるため、やんわりと周りに気配りができるように声かけをしてやるつもりだ。

というわけで、俺の新たなパーティーメンバーは、アルマの策略により、やけに自信満々なカーラと、自信のないファーマという凸凹コンビとなった。

あー、大丈夫だろうか。今度は俺が『カーラもファーマも追放してやる』って叫んでないかな。流行はうつりやすいって言うしなー。あー不安だな。

新たに出発することになったが、その船出には前途多難さが漂っており、さすがの俺も不安が拭い去れないでいた。

「とりあえず、二人ともよろしく頼む」

「グレイズさん、よろしくお願いしますっ！」

「グレイズ、頼む」

三人でがっちりと握手を交わす。追放された者たちが組んだ暫定パーティーであるため、心配も多く、なるべく早く彼女らを一人前の冒険者に育てて、新しいパーティーに送り出そうと俺は心に決めた。

「よかった。よかったねぇ、ファーマちゃん。えぐ、えぐ。困ったら、すぐに私に言ってね。力になるから」

アルマが猫獣人のファーマを抱いて、泣き崩れている。二人って今日会ったばかりだよね？　いや、冒険者登録していたから、前から会ったことくらいはあるのか。それにしても、アルマは困っているやつをほっとけないんだな。それが美点であり、欠点でもあるが。

ファーマにしがみついて泣いているアルマが、何かを思い出したようにカウンターへ戻っていく。

そして、例のパーティー新設の申請書を手に取ると、ツカツカと俺の方に歩いてきた。

「パーティー名を登録してくださいよ。グレイズさんが最先任の冒険者ランク所持者なんで、リーダーでしょうし」

え？　俺が決めるの？　俺、ネーミングセンスないよ。えー、えーと何がいいかな。どうせ、暫定的なパーティーだし、そんなにキッチリしたのでなくてもいいか。

アルマに詰め寄られた俺は、頭にフッと浮かんだ言葉を口に出していた。

「『追放者』でいいんじゃないか？　どうせ、二人が成長するまでか、俺の新たなパーティーが決まるまでの暫定パーティーだし」

パーティー名を披露すると、三人の眼がジッと俺に集中する。

あれ？　ダメ？　もしかして、ダメですか？　いやいや、これも言い得て妙なパーティー名だと思うよ。ほら、三人ともパーティーから追放されているしさ。それに流行っているっていうし、もしかしたら有名になれるかもよ。有名になれば、他のパーティーからの引き合いもあるからさ。

……って思っているが、口に出すとアルマあたりに怒られそうだったので、冷や汗をかきながら返答を待っていた。

「私、それでいい。賛成」

「ファーマは、グレイズさんが決めたのでいいよー」

援護二名確保。残るは本丸アルマのみ。全軍突撃！

「だそうだ。いいよな？」

「ふう、仕方ないですね。その代わり、パーティーリーダーは、グレイズさんが引き受けてくださいよ。カーラさん、ファーマちゃん、本当にいいのね？」

アルマの問いに、二人が頷く。

我、本丸アルマを攻略せり。繰り返す、我、本丸アルマを攻略せり！

パーティー名決定に小さくガッツポーズをする。大体、こういった重要事項の決定は、前のパーティーだとムエルが行っていたからな。俺は決まったことを粛々とこなす側だった。なので、初めて決める側に立ったことで、なんだか責任感が芽生えていた。

とりあえず、この二人が無事に成長して、新たなパーティーに拾ってもらえるように仕込まないとな。こりゃあ、ムエルたちを仕込んだ以上の手間がかかりそうな気がするぞ。


その後パーティー結成の書類を提出すると、二人に明日の朝からダンジョン探索をすることを告げ、立ち去ろうとする。だが、二人に服の裾を掴まれた。

「グ、グレイズさん。ファーマ、仲間外れにされたから泊まるお家ないの。どうしたらいい？　明日までこの冒険者ギルドでグレイズさん待ってればいいかなぁ？　お腹すくけど、お金もないし、しょうがないよね」

「ファーマ、私も泊まるとこない。お金もエールで使い果たした。一緒にここで一晩明かす」

「カーラさん！　うん、カーラさんと一緒に明日までグレイズさん待っているね」

二人の話を聞いたアルマが、ハンカチを眼に当てて涙を拭っていた。

「ごめん、ごめんね。ファーマちゃん、カーラさん、冒険者ギルドは宿泊禁止なの。本当にごめん。でもほら、大丈夫よ。こう見えてもグレイズさんは持ち家のある冒険者だから、お泊まりさせてもらいなさい。大丈夫、グレイズさんはそこらの野獣とは違って紳士だからね。変なことはされないわ。私が保証するから」

またアルマが勝手に話を進めていた。

ちょ、ちょっと待て。パーティーを組んで面倒を見るとは言ったが、生活全般まで面倒を見るとは一言も言ってないぞ。またも謀ったな、アルマ！

「待て待て。独身の男の家に、年若い女の子をお泊まりさせようとするな。俺が手を出さないとしても、周りが勝手に邪推するだろうが。二人はまだ若いんだ。そういった配慮は必要だと思うぞ」

慌てて二人の受け入れを断ろうとしたが、両袖がクイクイと引かれた。

「グレイズさんのお家でお泊まりしてもいいですか？　冒険者ギルドに泊まれないならファーマは行くところない」

「グレイズの家にお泊まりできないとき、ファーマと野宿して待つ。寒いけど二人ならなんとかしのげる」

二人は眼に不安そうな光を宿し、俺の答えを待っていた。

そんな眼で見られたら、断れねぇぞ。若い娘を寒風吹きすさぶ外に野宿させるとか、俺の方が心配して寝られねぇ。

我ながら見事にアルマの策にはまった気がしないでもないが、これからメンバーとして一緒に探索する二人が翌日凍死していたとか聞くのは目覚めが悪くなる。

「だぁああっ！　しょうがない。部屋は空いているから使わせてやるよ。飯もキチンと食わせてやるから、安心して冒険者としての仕事に励むんだ」

袖を引っ張って不安そうな顔をしていた二人が、パッと顔を明るくした。その笑顔を見た瞬間に、心がポッと温かくなる。

実は俺も、一人暮らしが寂しいと感じはじめていたところだ。前のパーティーのときは雑用で忙しく、寝に帰るだけの場所だったが、追放されて以来、ゆっくり時間を過ごすことになり、暇を持て余すと同時に寂しさも感じていたのだ。

同居人として二人が暮らすのもそれはそれで悪くないかもしれない。ただ、期間限定なのは頭の隅に入れて対応しないといけないな……

「よかったぁ。ファーマちゃん、カーラさん、野宿しないですみそうですね」

「アルマのおかげ、助かった」

「アルマさん、ファーマのためにありがとー」

「いえいえ、私のおかげじゃなくて、グレイズさんの度量の広さに感謝してくださいね」

すると、ファーマとカーラが俺の手を握り、頭を下げて礼を言ってくれた。

「――じゃあ、案内するから行くとするか。荷物は全部持っているか？」

「はーい。持っている」

「私も全部ある」

二人とも駆け出しの冒険者らしく、身の回りの物は最小限度にして常に持ち歩いていたようだ。

こうして俺は、ファーマとカーラというパーティーメンバー兼同居人を自宅に迎えることとなった。ちなみにその日の夕食は兎肉のシチューを作ったのだが、少し多めに作ってしまったそれを、二人が見事に完食をしていたのは内緒にしておくことにした。育ち盛りだしね。

『あら、目覚めたら可愛らしい同居人が増えていますね。……この二人も懐かしい匂いが……』

ベッドで朝日を浴びて目覚めつつあった俺の脳内に、例の声が響いた。

さて、ここでおさらいです。

『え⁉　急になんです？』

まず、俺は戦闘スキル全く覚えない非戦闘系ジョブである『商人』です。ここまではオッケー？

『は、はい。グレイズ殿は戦闘向きではない「商人」ジョブの方だとお伺いしております』

いいね。いい返事だ。そして、若気の至りで鑑定ミスって呪いを受けて、ステータスMAXになっちまっている。これもいいかい？

『それも、この前お伺いしました。人外の力を得たことで、人から嫌われるのを恐れていらっしゃるそうで。でも、大丈夫だと思うんですが……』

そう言ってくれると助かる。けど、この世界には色んな人間がいるからな。人と違う力を持った人間を排斥したがるやつらは多いんだぜ。

『そうなんですか……あたしはまだこの世界に慣れなくて……。そういう人もいるんですね。勉強になります』

まあそんなこと言っていてもしょうがないから、次いくぞ。んで、ある日、五年間も仲間としてつるんでいたパーティーのリーダーから追放処分を受けた。理由は『流行っている』からだ。ここ大事だからな。

『表向きはそうでしたね。本当は、パーティーの火力を上げるために、魔術士を新たに入れるのを機に、ついでに前々から目ざわりだった非戦闘職のグレイズ殿を首にした、が正解だったはず』

そこまではっきり言うなよ。これでも俺、傷ついているんだぜ。まあいい。おおよそ正解。花丸まではあげられないが、丸くらいはやろう。おっと、話が逸れた。戻すとしよう。

失意の俺は暇を持て余していたところ、同じく追放処分を受けた冒険者二人と新たなパーティーを組むことになった。

ここまでが昨日までの話でオッケー？　ちゃんと、ついてきているかい？

『なるほど、だから若い女の子がグレイズ殿の家で寝起きをしておられるのですね。起きたら女の子の気配がして、ビックリしちゃいましたからね。なるほど、なるほど』

そういうことだ。ファーマとカーラっていう駆け出しの冒険者な。俺のパーティーメンバーになるんでお前もよろしく頼むぞ。って、俺にしかお前の声は聞こえないか。

『そうですね。今のところは……。でも、二人ともいい子みたいなんで、大事にしてあげてくださいね。あら、またなんか眠くなってきちゃった。またお休みしますので、起きたらお話聞かせてくださいね』

確かに声の主は再び寝入ったようで、気配が消えた。追放されたときに聞こえるようになった声だが、最近ではかなりはっきりと聞こえるようになっていた。一時は俺の頭がおかしくなったのかと本気で悩んだが、今現在は俺のよき話し相手になってくれている。

「グレイズさーん。朝になったよー！」

階下からファーマの元気な声が聞こえてきた。昨夜たらふく食べた兎肉のシチューで、元気を取り戻したものと思われる。

「今から起きるよ。朝飯は冒険者ギルドで軽食を摘まむから、探索に出る準備をしといてくれと、カーラにも伝えてくれ」

「はーい！　カーラさんにも言ってくる」

ファーマにカーラへの伝言を頼むと、俺も久しぶりにダンジョンを探索する準備を始めることにした。

全員が準備を終えて冒険者ギルドに到着したときには、他の冒険者による朝の依頼受注ラッシュが始まっており、ギルド内は冒険者たちで溢れ返っていた。

俺たちは受注ラッシュを避けるため、まずは喫茶スペースで腹ごしらえをする。冒険者ギルド内には喫茶スペースがあり、昨日カーラがエールを飲んでいたが、飲み物だけでなくサンドイッチやパイ、シチューといった軽食も注文できるようになっている。

「どれでも好きなもん頼んでいいぞ。朝はしっかりと食わないといい探索はできないからな。金は気にするな」

様子を窺っていた二人が、なんでも頼んでいいと聞いた途端、額を突き合わせて真剣にメニュー表を眺めはじめた。

俺はそれを見て、微笑ましさを感じる。俺も旦那様の店が潰れて借金抱え、冒険者になったばかりの頃は、ムエルたちと食うや食わずで探索してたなあ。

「ファーマは卵サンドとオレンジジュースがいい。グレイズさん本当に頼んでいいの？　ファーマお金ないよ」

「ああ、頼め頼め。それくらいは奢ってやるさ。それに、今日の探索でもお金は入るだろ。飯はしっかり食った方が成長するさ」

「じゃ、じゃあ。ベリーアイスも追加していい？　いいの？」

ファーマが眼を輝かせて喜んでいる。昨日の食いっぷりからも、身体の成長具合からも、ファーマはもっと食べないといけないような気がしている。

「ああ、いいぞ。カーラはどうする？」

「サラダサンド、シーザーサラダ、青汁が欲しい。酒は探索前だから控える」

エルフであるカーラは野菜中心のメニューを頼んだ。彼女もまたファーマと同じくあまり食えていない様子であったため、しっかりした食事をとってもらうことにしよう。

「酒は成功したらにしておこうか。さて、じゃあ俺が注文してくるから待っていてくれ」

朝のラッシュでごった返す冒険者ギルドでは、注文は直接厨房に言わないとダメなのだ。

朝飯をゲットし、ゆったり食事を楽しむと、朝の受注ラッシュが徐々に収束に向かい、人でごった返していた冒険者ギルド内も人がまばらになりはじめていた。

「ご馳走様でしたっ!!　あああ、おいしかったよぉ。グレイズさん、ありがとー」

「私も完食。朝キチンと食べたのは久しぶり。満足」

「お粗末様でした……って、俺が作ったわけじゃないけどな。さて、カウンターも空いたようだし、容器を返却したら今日の依頼を受注しに行こう。今日は二人の実力を見させてもらうつもりだからな。よろしく頼む」

「はーい。ファーマ、頑張るね！　グレイズさんの分もお片付けしてくるー」

　ファーマが俺の分の容器が入ったお盆を手に取ると、自分のと一緒に返却先に持っていく。

「ファーマ、走ると危ない。私も一緒に行く」

　走り出したファーマを追いかけて、カーラも自分のお盆を返却しにいった。戻ってきたファーマとカーラとともに、俺はアルマのいるカウンターへ向かう。

「おはようございます。グレイズさん、ファーマちゃん、カーラさん。随分とゆっくりされていますね」

「ああ、どうせ第一階層のスライムの依頼なんて、どの時間に来てもほとんど誰も受けないだろ？　なら、朝ゆっくり飯を食ってからでも遅くないって思ってな」

「アルマさん、朝ご飯いっぱい食べられて、ファーマは幸せー。だから依頼頑張るのー」

「私も頑張る」

ファーマもカーラもお腹が膨れているため、やる気も漲っている様子であった。二人の様子を見たアルマも安心したようで、カウンターに依頼台帳を取り出して物色しはじめた。

「グレイズさんたちは、第一階層のスライムの討伐をされるんですね。えーと、今は……」

「いや、スライム系の依頼を纏めて受けたいんだ。ある分だけ受注させてくれ。とりあえず、俺がSランク冒険者だから、低ランクの依頼を複数受注しても問題ないよな？」

低ランク冒険者だと信用度が低いため依頼受注数を制限されるが、Sランクになれば冒険者としての最高ランクの信用度を持つ者として、受注数の制限はされないのだ。

「はいはい。グレイズさんなら、何個でも受けられますからね。スライム関係だと、今のところ依頼は三つかな。うちが救済用に出している初心者限定の、スライム討伐五体で五〇〇ウェルと、納品が二つ。スライム核とブルー細胞ね。両方とも五個ずつで五〇〇ウェルと二五〇ウェルになっているわよ。今日受注できるのはこの三つくらいです」

討伐系一つと納品系二つか。まあ、スライム程度の魔物は需要があまり多くないからな。依頼も少なくなるわけだな。

「じゃあ、その三つを受注ということで頼む。さあ、ファーマ、カーラ。探索に行くとするか」

「はぁい。アルマさん、行ってきまーす」

「ファーマ、走ると危ない。ゆっくり行くから手繋ぐ」

カーラが走り出したファーマを捕まえて手を繋ぐ。昨日出会ったばかりの二人だが、傍から見れば仲のいい姉妹とも思える様子を見せていた。

こうして、俺たちは冒険者ギルドを後にすると、パーティーを組んで初めてのダンジョン探索に向かうことにした。


今日は二人の実力を測るため、戦闘における指示は一切出さないで、二人がどういう行動を取るか見させてもらうと伝えてある。

要は、俺はただの観客で、スライムとの戦闘は二人にお任せすることにしてあるのだ。ただ、本当に危ない場面に遭遇したら、俺が間に入ってスライムを退治させてもらうつもりだ。

ダンジョンの階段を下りていくと、ジメジメと湿った空気とかび臭いにおいがする。一ヶ月ぶりのダンジョンは懐かしかった。

「一ヶ月潜らなかっただけで懐かしく感じるな……」

「そういえば、グレイズはSランク冒険者だと聞いた。今はフリー。どこの所属だった？」

ファーマを先頭に俺、カーラの順番にダンジョンの通路を歩いていると、カーラから質問が飛んできた。

「『白狼(ホワイトウルフ)』にいたぞ。まあ、一ヶ月前に追放されたがな」

「『白狼(ホワイトウルフ)』⁉　ブラックミルズのトップパーティー。確かあそこは三人パーティーだったはず。グレイズの話は本当？」

「戦闘は三人任せだったな。俺は裏方の荷物持ちをしていたのさ」

「荷物持ち？　戦わないで深層階まで潜っていたと？　信じられない」

「ムエルたちが有能だっただけさ。俺は荷物を持って後ろをついていっただけだしな。ちょっと危ないこともあったけど、生きて帰ってはきているぞ」

「グレイズ、もしかして超有能な男？」

背後からのカーラの視線が熱を帯びたような気がした。昨日会ったばかりの子だが、カーラはとても好奇心が旺盛(おうせい)で探求心もあり、色々なことを知りたくてエルフの村を飛び出した変わり者であると聞いていた。そんなカーラの追及の視線に晒(さら)されながら歩いていると、前方のファーマがカタカタと震えはじめていた。

「グ、グレイズさん。なんかいる‼　なんかいるのが分かる！　こわいよぉ！」

突如、ファーマが叫(さけ)んだと思ったら、魔物の気配のする方へ一気に駆け出していく。あまりに突然で、俺もカーラも呆気(あっけ)に取られて、駆け出したファーマを追いかける暇もなかった。

「こないで！　こないで！　あっち行ってよぉお！」

スライムを見つけたファーマが一人で飛び出し、やたらめったらに手足を振り回して、スライムを攻撃するが、ただの一発もスライムに当たることはなかった。

当たらない理由はすぐに分かった。ファーマは魔物への恐怖のためか、眼を思い切り閉じたまま手足を振るっているのだ。それでは、まぐれ当たりを祈るしかヒットは望めない。

「ファーマ、落ち着け！　落ち着いて敵を見ろ」

観戦だけのつもりだったが、あまりの事態に思わず声が出てしまう。

「で、でもぉ。こわいよぉお。グレイズさん、ファーマは魔物が怖いぃぃい」

ファーマは眼を閉じたまま、ひたすら拳や蹴りを繰（く）り出しているが、そもそも目標を定めて攻撃していないため、スライムは余裕で回避を行（おこな）っていた。

ダメだ。ダメダメすぎだ。こういう場合、近接職は味方の援護の得られる位置を確保して、敵を引き寄せ、支援を受けてトドメを刺すのが一番簡単だ。そのセオリーを完全無視な上、敵を視認すらしていないのだ。さすがの俺も、どこからツッコむか悩む。

飛び出したファーマのもとへ、カーラとともに急いで駆け寄ったが、そのときにはすでにファーマの息は大いに乱れ、肩を大きく揺らして息を吸っていた。

ここで、カーラがスタミナ回復の魔法である『精力増強（タフネス）』をファーマにかければ、彼女は攻撃を再開できるはずであった。あったのだ。

「地の精霊より集めし豊饒(ほうじょう)なる大地の力を我に分け与えよ。『精力増強(タフネス)』!!」

俺の意図したことを実行してくれるものと思い、詠唱を始めたカーラを見ていた。すると、発動した『精力増強(タフネス)』の魔法は、ファーマに向かって飛ばずに、当のカーラ自身の身体を包み込んでいたのだ。

「ちょっ! カーラ! なんでその選択をした!!」

「なんでって、私、走って息切れた。だからスタミナ回復させた。スタミナ大事。切れると走れない」

カーラは不思議そうな顔で俺を見る。彼女の頭の中には、ファーマが息を切らせてスライムに囲まれているという情報が入っていないのだろうか?

「きゃあああっ! グレイズさん、スライムがぁ、スライムがぁあ。怖いよぉお」

肩で息をするファーマにスライムが数体群がり、攻撃を始めていた。

「ファーマ、危ない。私、回復させるのがいいか? それとも戦う?」

カーラは状況の判断ができていないようで、自分が何をするべきか迷い、マゴマゴしていた。先ほどの支援魔法の失態も加わり、状況は悪化の一途をたどっている。カーラが選択した『自己のスタミナ回復』は、パーティー全体で見れば最悪の一手となっていたのだ。

これは本格的にヤバいな。まずはファーマを落ち着かせないと……

今回は二人の実力を測るためというお題目で探索をしているが、このままだとファーマの服がスライムによって溶かされて、あられもない姿になりかねないので、手助けをすることに決めた。

ファーマの攻撃に合わせるように、ポーチから取り出した小石を指で弾く。これで傍目(はため)にはファーマの攻撃がヒットしてスライムが倒されたように見えるはずだ。

「あ、当たった？　ファーマ、攻撃当たった！」

「え？　そうなの？　ファーマの攻撃当たったの？」

相変わらず眼を閉じたままのファーマであるが、気配だけは敏感に感じ取れているようで、敵の位置に近い場所を攻撃できてはいた。先ほどと同じように、ファーマの攻撃に合わせ指弾を二つ三つと放つと、スライムたちは弾け飛んで、ドロップ品に変化した。

「すごい。ファーマ、スライム退治した」

「ほんとに？　ほんとにファーマが退治した？」

なんとか二人に気付かれることなくスライムを退治することができたが、二人の冒険者としての現状を見せられたことで、先行きは遠く果てしないものになるかもしれないと思った。

まあ、今度のパーティーは焦(あせ)る必要もないし、ゆっくりとしっかりと成長してもらえばいいんだがな。

俺はスライムのドロップ品を鑑定しつつ、喜び合う二人を見てホッと安堵(あんど)の息をもらす。

その後も、ダンジョンの第一階層をスライムを求めて探索したが、終始二人とも先ほどと同じような惨事を起こし、スライムの大半は俺の指弾によって退治されることとなった。

ファーストミッションを終え、冒険者ギルドにて遅めの昼食を食べている。初めてのメンバーとの探索を終えた俺の感想を一言。そりゃあ、二人ともパーティーから追放されるだけのことはあったな。

ファーマは魔物の気配に敏感すぎるのか、敵を見つけると恐怖が先立つようで、眼を閉じて気配だけで追っかけ回し、むやみに攻撃して、スタミナ切れ。一人で突っ込むから、味方が援護できず、隊列も崩れる。まさにアホの子の戦い方だ。

一方、カーラ。『精霊術士』であるのに、『支援や回復』をしない。いや、『支援や回復』はしている。ただし、自分優先で『支援や回復』が飛ぶのだ。つまり判断が最悪だ。

火力の出ない『精霊術士』に『支援や回復』をかけても、パーティー戦力としては微々たる向上しかしない。

うちの場合、表立って戦えるのは、ファーマ一人。『支援や回復』を飛ばすべき相手は、ほぼ決まっているのに、自分を優先する思考が理解できない。おまけで『支援や回復』してやるわって考えているのだろうか？

とまあ、こんな感じの凸凹コンビだけでダンジョンに潜っていたらと思うと、ゾッとする。

駆け出しの冒険者すら滅多に倒されないスライムに捕食され、服を溶かされ、イヤーンな姿で苗床まっしぐらだったろう。今日のことで、二人とも冒険者としての基本からしっかり教えていかないとマズいのを認識した。

「カーラ、ファーマ。二人の実力は見させてもらった。はっきり言おう。このままじゃ、二人とも他のパーティーからの引き合いは来ないぞ」

ファーマが口にミートソースをべっとり付けた顔を上げる。

「え？　ファーマ、ダメだった？　頑張ってスライム倒したよ。グレイズさんもファーマのこと頭悪いから仲間外れにして嫌いになる？」

ファーマがすぐに不安そうな眼になり、紫の瞳を潤ませていた。

ファーマ、その眼は卑怯だぞ。うるうるさせるんじゃない。俺が女性を見捨てられないやつだって知ってて、それをやっているだろう。ああ、ちくしょうめ。そんな眼で見られると厳しいことが言えないじゃないか。

「私、完璧に仕事こなした。グレイズ、言っていることおかしい」

ファーマと同じく遅めの昼食として大盛サラダを頼んでいたカーラが、探索後ということで、追加で頼んだエールのジョッキを手に反論する。

カーラ、君はツンデレか。ああ、そっちも俺は嫌いじゃない。嫌いじゃないが。完璧だって？　確かに完璧だったさ。自分の支援に関しては一〇〇点満点をあげてもいい。

俺は言いたいことをグッと我慢して、駆け出しの二人の冒険者に対して基本をキチンと学ぶように諭すことにした。

「あー、そういう意味じゃない。二人は冒険者としての基本ができてないんだ。パーティーってのは、皆が協力して助け合うのが基本なんだ。今日の二人はお互いに助け合ったか？」

俺がそう言うと、二人が考え込む。

「ファーマ、そんなこと全然考えてなかった」

「私、自分の仕事した」

「ふう、いいかい。パーティーはチームワークが大事なんだ。相手がどう思っているか把握(はあく)するのが、一番大切なんだぞ。そうしないと、俺たちみたいになるんだ」

カーラとファーマが、眼をパチパチさせてこちらを見ている。『俺たちみたいになる』という言葉は、二人に大きなインパクトを与えてくれた。

「仲間外れにされちゃうの？」

「それは分かる。でも自分、大事。仲間はその次」

二人とも先ほどよりは真剣さを増した顔で俺を見ているが、二人とも自分たちの置かれた立場が、よく分かってないようだ。

このパーティーはあくまで冒険者として成長して、彼女たちの評価を上げるための暫定的（ざんていてき）なものだ。

そのためのパーティーですら拙（つたな）い評価を積み重ねれば、他のパーティーからの引き合いは完全になくなり、冒険者を廃業せねばならなくなるのだ。

そのことを二人に伝えようとしたら、背後から声をかけられた。

「よう、グレイズ。新しいパーティーを作ったらしいな。うちから抜けて一ヶ月。次が決まらないっていうから心配していたんだぜ」

俺に話しかけてきたのは、『白狼（ホワイトウルフ）』のリーダーであるムエルだ。年は二五歳。細面（ほそおもて）の、わりと女性に好まれる顔立ちをした青年である。

「誰？　グレイズさんのお友達？」

「コイツ、視線、いやらしい」

ムエルが、食事をしている二人に対して不躾（ぶしつけ）な視線を送っている。相変わらず、女癖（おんなぐせ）の悪さは直っていないらしい。駆け出しのときから何度も口を酸（す）っぱく注意しているのだが、一向に収まる気配はなさそうだ。

「おや、こいつらが噂のポンコツ冒険者二人か。顔はいいが、腕は残念だな、グレイズゥ」

ムエルが二人を見て、嘲笑（ちょうしょう）する。そういった感情を表に出すなとも注意していたのだが、彼の心には届いていなかったようだ。

そんなムエルの背後には『白狼（ホワイトウルフ）』の残りのメンバーもいる。俺が依頼（クエスト）受注と達成の報告をしなくなったので、仕方なく冒険者ギルドに顔を出しているようだ。

こいつら、依頼（クエスト）受注ミスってないだろうな。俺が前に任せたら、討伐対象の魔物を間違えたり、ドロップ品の数量を間違えたりしていたからなあ。心配しかないが、こいつらもSランク冒険者だし、こちらが口出しをするべきではないか。

追放されたパーティーであるが、五年間をともに過ごしたメンバーであるため、お節介を焼こうとしてしまったが、すんでのところで自重することができた。

「久しぶりだな、ムエル。ちゃんと、稼げているか？」

「グレイズ、心配するな。オレたちはちゃんとやっているさ。なにせ、俺たちはSランクパーティーだぜ。お前が抜けたから稼げなくなったと言わせるつもりはねえさ。それに、アウリースも加入したことだしな。バンバン深層階の魔物を狩ってきてやるよ」

ムエルが得意気に胸を反らして演説をかましているが、アルマの情報だと俺が抜けて一ヶ月経った『白狼（ホワイトウルフ）』の稼ぎは低下の一途をたどっているらしい。原因は、今まで潜れていた階層まで到達できず、依頼（クエスト）不達成が続いているからだそうだ。メンバーを交代したばかりであることも考慮できるのだが、明らかに現在の実力以上の階層を選んでいるとしか思えなかった。

「そうか。メンバーも変わったばかりだから、あまり無理するなよ。無理は――」

「うるせぇよ。お前はもうメンバーじゃないだろ。誰に意見しているんだ」

「ああ、そうか。そうだったな。すまん、いつもの癖(くせ)が出た」

ムエルが不機嫌そうな顔をして凄(すご)んできたが、彼の言う通り、俺はもう『白狼(ホワイトウルフ)』の一員ではない。

俺の代わりに新しい子が入っていたはず。その新メンバーの魔術士の子も、そろそろ慣れて――なさそうだ。どんよりした顔色をしている。

引き継ぎで会ったときは溌溂(はつらつ)としていたんだけどな。なんで、あんなにどんよりしているんだろうか。いやいや、今はそんなことを気にしている場合ではなかったな。

「お前にはもう大きな顔をさせねぇ。『白狼(ホワイトウルフ)』はオレのパーティーだからな。勘違(かんちが)いするな」

「ああ、そうか。そうだったな。俺も新しいパーティーでなんとかやっているぞ。あと、とりあえず、二人をポンコツとは言わんでやってくれ。この子たちはまだ駆け出しだからな」

「ファーマたち、馬鹿にされているの？」

「ポンコツ違う。私、有能」

ファーマとカーラも、俺にあわせて反論する。ムエルの言葉は、冒険者の最高ランクであるSランクの冒険者が、若い駆け出しの冒険者に対して言うべきものではないと思う。

「でも、みんなが噂しているぜ。パーティー名『追放者(アウトキャスト)』通りのダメパーティーだってな」

ムエルが喫茶スペースにいた他の冒険者に聞こえるようにわざと大きな声で喋(しゃべ)った。聞き耳を立てていた周りの冒険者たちの視線が集まる。クスクス笑っている者も多数いた。

その中には、昨日ファーマとカーラを追放したパーティーのメンバーも入っており、ちゃっかり新たなパーティーメンバーもいる様子。昨日の今日で新しいメンバーが決まるわけがないから、俺と同じように、事前に決まっていたのだろう。

ああ、可哀想なファーマとカーラ。俺がパーティーリーダーとして、きちんと育て上げてやらんとな。この調子だと、よそから引き合いが絶対にこない。

「今はポンコツかもしれんけどな。この子たちは、俺がキッチリSランク冒険者まで育ててやるよ。三年以内にな。約束する」

ムエルの挑発的な言動への反発心もあったし、ファーマとカーラに対する同情もかなりあったので、啖呵(たんか)を切った。

「ははっ！　『商人』グレイズが率いるパーティーで、このポンコツ冒険者がSランク冒険者に？　あり得ないでしょ。グレイズ、今なら嘘だって言っても誰も笑わないぜ」

ムエルが大きな笑い声を上げて、俺の宣言を嘲(あざけ)る。周囲の冒険者も釣られるように笑い声を上げ、俺たちを見ていた。この場には、俺の言葉を真に受ける者は誰一人いないらしい。いや、正確には三人いたようだ。

「ファーマ、Sランク冒険者になれるの。ねぇ、ねぇ。グレイズさん、なれるの？」

「私、有能。Sランク冒険者、当たり前」

「ファーマちゃんもカーラさんも上級職出発ですからねー。絶対になれますよー。それに、グレイズさんがリーダーですからねー。下手したらブラックミルズ一のパーティーになっているかもしれませんよ」

　俺の宣言を真剣に受け止めたのは、ファーマ、カーラ、アルマの三人だ。三人とも眼をキラキラさせて、俺の宣言を聞いていた。

「ははっ！　ああ、そうか。なら、せいぜい頑張れよ。陰ながら応援だけはしておくわ。ははっ！　頑張れグレイズゥ」

　嘲笑の表情を崩さないまま、ムエルはパーティーメンバーを引き連れて、精算窓口へ歩き出していた。

　ムエルのやつ、タガが外れたように有頂天になっているな。お前らが駆け出しのときも、結構酷かったんだがなあ。

　まあ、仕方ない。今はSランク冒険者様だからな。初心を忘れて、大ポカするなよと言っても、聞く耳は持ちそうにないな。

むしろ俺は、追放される前よりも尊大さが増したムエルの姿を見て、自戒することにした。

危ない。危ない。初心を忘れるなって、誰か偉い人が言っていた気がする。

俺はムエルたちを見送ることなく、ファーマとカーラを連れて、冒険者ギルドを出ることにした。

第二章　冒険者の基本

俺はSランクパーティー『白狼(ホワイトウルフ)』を追放され、装備等を取り上げられて放り出されたと言ったが、アレは嘘だ。

『知っていますよ。お家もあるし、可愛(かわい)い女の子を二人も養っていても焦(あせ)ってないですからねぇ。それにしても、パーティーにお金を巻き上げられたのに、グレイズ殿は結構お金を持っていらっしゃいますよね？』

なんで金を持っているかだって？　冒険者になり立ての頃は借金返済に追われていたが、別に盗んだわけじゃないぜ。所属していたSランクパーティーでは、きちんと報酬を分けてもらっていたからな。

その金を元手に、メリーの鑑定屋で掘り出し物を買って転売したり、パーティーの休養日にはこの前みたいな納品依頼(クエスト)を内職したりして、一財産を築いていたのだよ。もちろん、メリーの店でのアルバイトをしてもいる。

まあ、この資産については俺の個人的な内職のため、ムエルたちには言ってない。だから、この一軒家は俺名義になっている。

『内職ですか。グレイズ殿はお仕事をするのが好きなのですね。お休みの日も働くとは、見上げた志です』

好きかどうかは分からんが、なんとかの沙汰も金次第っていうし、俺は独り者だからな。金はあっても困らないと思って、借金返済した後はずっと貯めていたのさ。

冒険者なんていつ死んでもおかしくない危険な稼業をしていれば、魔物に怪我を負わされて、いつ働けなくなるか分からない。リスクの高い仕事をしているのだから、そのリスクに備えて金も蓄えておかないといけないと思ってね。

『グレイズ殿は人族としてはよいお歳になられてきていますからね。老後の生活設計もされておられるのですか』

ああ、俺も四〇だからな。いい歳のおっさんだ。冒険者としてもあと何年やれるかわからないからな。幸い、冒険者をして五年以上経つが、大きな怪我を負うこともなく、病気にかかることもなかった。

『けど、例の力があるから、何歳まででも冒険者をできそうですけどね』

確かにステータスＭＡＸの呪いがかかっているから、七〇とかくらいになっても冒険者をしてそうだが。

俺の話はこれぐらいにしておいて、一軒家にはファーマとカーラを住まわせることにした。独身で天涯孤独の身なんで、部屋は余っている。

泊めるのは昨日一日だけのつもりだったが、今日酒場でこいつらをSランク冒険者にすると啖呵を切った以上、共同生活の中で色々と教えることもあるし、装備代を稼ぎ出すため節約もしなければ、という結論に達したわけだ。

『そうなんですか？　あたしはグレイズ殿が二人を囲うのかと思いましたけど。可愛い子たちですし。ほら、グレイズ殿も独身ですし』

べ、別に下心はないぞ。しょうがなくだぞ。しょうがなく。

駆け出しの二人には金がない。わりと、冒険者にとって宿泊費は大きな問題だ。一定ランク以上の冒険者になれば、街の郊外に一軒家を持って、そこを拠点にダンジョンに向かった方が、結果的に安上がりになるほどだ。

『へえ、勉強になりますね。あら、また眠くなってきたみたいです。またお話を聞かせてくださいね』

声の主の気配が消えたところで、台所で作っていた今晩の夕食がちょうど完成した。

調理を終えると、お腹を空かせている二人がテーブルで待ち受けていた。冒険者ギルドで遅めの昼食をとっていたが、成長期の二人には物足りないボリュームであったらしい。

「お待たせ。夕食ができたぞ。昨日に引き続き、あり合わせのメニューですまんがな」

夕食は買い置きしていた賞味期限の近い干し肉と、ワインを使った煮込みシチューとパンだった。

「ファーマ、こんないいご飯食べられて幸せー。グレイズさん、おいしいよー」

「グレイズ、料理、美味い」

どうも一人暮らしが長かったせいで、節約料理をするのが癖になってしまっているようだ。だが、誰かと一緒に食事をするというのも悪くはない感じである。

それにしても、成長期の二人とも食欲は一人前以上らしい。ファーマは顔を汚しながら、カーラは眼の前の食器からスッと中身を消すように、シチューやパンを食べていく。

やがて食事を終え、休憩しつつこれからのことを話し合うことにした。

「さて、今後のことだが、俺は君ら二人を三年以内にSランク冒険者に引き上げると宣言した。これについては同意してもらえるか？」

冒険者ギルドでムエルに二人を馬鹿にされたことへの反発心もあったが、それ以上に二人が上級職から出発していることに興味を抱き、彼女たちを育てようという気になっていたのだ。

「ファーマは賛成！　グレイズさんにSランク冒険者にしてもらう。Sランク冒険者になれると頭よくなるかなぁー」

「私、問題ない。グレイズ、Sランク冒険者、させて欲しい」

二人も、やる気だけはあるようだ。いかんせん、実力が伴っていないのが玉に瑕だが。まあ、やる気があるのはいい。向上心ってのは、やる気がないと出てこないからな。

次に、より具体的な話に入ることにした。二人にはそういったこともキチンと伝えておかないと、今日の二の舞になりかねない。

「では、明日からの探索は俺の指示に従って欲しい。戦闘の細かい指示を出す。それを何度も反復して身に付けて欲しいんだ」

「んー。敵を見つけてもグレイズさんがいいよって言うまで、ファーマは攻撃しちゃダメなの？」

「そうだな。そうしてくれ」

ファーマの場合、眼を閉じて吶喊されると危ないので、まともに戦えるようになるまでは俺が細かく指示を出してやりたい。

「私、自分で判断する。それ、よくない？」

「ああ、カーラも俺の指示に従ってくれ。なに、悪いようにはしない。基本をしっかりと覚えていこう」

「分かった。指示、従う。だから、Sランク冒険者、なりたい」

カーラには細かい判断基準を教え込んでいけば、頭はよさそうだから、きっともっとマシな判断をしてくれると思う。

二人の成長のために必要になるであろう知識や技術などを明日からは教えていくことに決めた。二人とも冒険者としての基本的な実力さえ伴えば、上位職という恵まれたジョブゆえに、急成長できるはずだ。

俺は、二人を育成するために必要と思われる事項を考え出していく。

まずは二人の装備が問題だと思う。駆け出しの冒険者とはいえ、ダンジョンを探索するにはあまりにもお粗末な装備をしていたのだ。

ダンジョンで自らの命を守るのは装備類しかないので、金を惜しまずに投資するべきと二人に教えておく必要がありそうだ。

なので、明日は装備品を整えることに決めた。

「二人ともいい子だ。そうだ！　明日は探索前に装備品を整えよう。自分の装備を整えるのは冒険者として、最も基本だからな。ああ、金なら気にするな。俺が立て替えておいてやる」

一応、金は立て替えると言ってあるが、駆け出しが揃える程度の装備で纏めるつもりだから、予算は一人一万ウェルを予定しておく。

「わーい。グレイズさんがファーマの装備買ってくれるー。ファーマに似合うのがあるのかなー」

「グレイズ、太っ腹。私、欲しい装備ある」

二人は、俺が装備を購入してくれると喜んでいるが、話はキチンと最後まで聞いて欲しかった。

「待て、待て！　立て替えるだけだぞ。依頼(クエスト)で稼いだ金で返してもらうからな」

「えー。でも、ファーマの服もボロボロだしなあ。グレイズさんがお金貸してくれるなら、新しいのが欲しいなぁ」

「グレイズ、ケチ。でも、お金貸してくれるなら私も装備変えたい」

立て替えるだけと知った二人が、ブー垂れた顔をしている。

いやいや、装備品はパーティー資金から出すこともあるが、基本は自分の金で買うものだぞ。駆け出しで金がないだろうから、仕方なく立て替えてあげるだけだ。

「二人ともブー垂れてないで、明日に備えて今日は寝るぞ」

「はーい。グレイズさん。今日もファーマはカーラさんに添い寝してもらうんだー。いいでしょ」

「ファーマ、昨日寂(さび)しがって泣いていたから一緒にいてあげた。だから、今日は私の部屋で添い寝」

俺にもファーマのすすり泣く声が聞こえていたが、年頃の女性の部屋に入るのはためらわれたので、カーラが添い寝してくれると聞いて安堵(あんど)した。

ファーマは仲間に追放されたときに見せたような、一人になることへの恐怖があるところからして、色々と辛(つら)い生活を送ってきたのだと想像できた。

「そうか。カーラ、ありがとうな。ファーマ、今日はぐっすりと寝られるな」

「うん。カーラさんと一緒だから安心ー！」

「私もファーマと一緒なら安心」

それぞれの事情を背負った三人の共同生活であるため、どこまで介入していいのかは、年齢や性別の違いから迷う。ただ、できるだけのことはやってあげたいと思っていた。

『あら、目覚めたと思ったら、ここはメリーさんの鑑定屋ですか？　今日は二人の装備品を買いに来ているんでしたっけ？』

おっと、起きたのか。そうだ、二人の装備を見繕いにきているぞ。ちなみに装備品の良し悪しで何が重要か、お前分かるか？

『えーっと、普通に考えると金額とか、属性とか、レア度とか、強度も大事ですよね？』

うん、いい線いっているが、ちょっとだけ惜しい。正解は、実力に応じた武器を選べるかだ。これができないと、冒険者としては二流以下にしかならない。

『え!?　そうなんですか？　どうしてです？』

なんでかって？　いくら強力な武具であっても、自らの筋力に合わない装備は、動きを阻害するし、動きが鈍ればダンジョンで魔物に先制を許してしまうのさ。

ダンジョンは先手必勝。受け身に回れば、想定外のトラブルに対応できなくなる。そうならないように、装備品は装備者の筋力を基準に、軽くていい物を選ぶのがベストだ。

たまに脳筋戦士が防御を固めるため重装鎧を着て、巨大な大槌を装備し、ダンジョンに潜っているが、大概は魔物に先制を許してボコられてポーションがぶ飲みしている場面に遭遇する。つまり、これは無駄が多い装備編成ということだ。

『なるほど、重い物で防御力を上げても、殴られまくっていては意味がないということですね』

ああ、そうだ。それにファーマは素早さを身上とする『武闘家』だし、カーラは支援と回復が基本の『精霊術士』なんで、その辺も勘案して装備を決めていくつもりだ。

『なんだかんだで、グレイズ殿は二人のことが心配なんですね。ふあぁ、お話ししていたら、また眠くなってきた。次に起きたら二人の装備がどうなったか教えてくださいね』

声の主が気配を消すと、カウンターの奥にいたメリーが俺を見つけて声をかけてきた。

「あら!?　グレイズさん！　その子たちは？　あー、例の新しいパーティーの子ね。私はメリー。この鑑定屋の主人よ。よろしくね」

メリーが、新たに俺の仲間になった二人を値踏みするように隅々まで見ていた。何だろうか。あの視線。普段のメリーが見せる視線じゃない気がするが。

そんなメリーの視線を受けても、ファーマとカーラが平然とした顔で返事をした。

「ファーマだよ。グレイズさんの仲間にしてもらったー」

「私、カーラ。よろしく」

メリーからジロリと向けられた視線に、俺は居心地の悪さを感じる。

「きょ、今日は、二人の装備品で掘り出し物がないかなと思ってきたんだ。見せてもらえるかい」

「そうなの。鑑定眼を持っているグレイズさんには世話になっているから、お安くしてあげるわよ。かわいいお二人さんへのプレゼントにするのかしら？」

心なしか語尾が荒い気がする。長い付き合いだが、こんなメリーは初めて見た。

「なんか怒っているのか？」

「怒ってないわ。さあ、グレイズさん。何を買ってくれるのかしらっ！」

絶対に怒っている。なぜだ。お金大好きなメリーのお店の売り上げに貢献しようというのに、なぜ怒っている。

プリプリしているメリーの視線を避けて、店に並べられた品物を鑑定していく。並べられているドロップ品の装備を品定めしつつ、駆け出し二人の装備を思案していた。

ファーマは『武闘家』だから、爪系の武器と軽装の鎧がいいなぁ。

カーラは『精霊術士』なんで、魔法の威力を向上させる杖とローブか。

商品棚に並んでいる装備品から、二人の筋力でも装備できそうな物を見繕っていく。

ファーマの体格的に、あまり大きな爪はやめた方がいいな。おっと、これは『毒蜘蛛の爪』。これなら軽いし、当たれば毒のダメージが入るから、ひ弱なファーマでもダメージを加算できるか。うーんと四二〇〇ウェル。まあ、安くはないが、必要な投資だな。

あとは防具。おっと、こっちもわりと掘り出し物があるな。『暗殺者の軽装鎧』だ。これは、軽い上に防御力が高い。素早さを重視する『武闘家』にはもってこいの防具だぞ。値段は……五八〇〇ウェル。おう、いいお値段だが……。装備は中堅になるくらいまでを見越して、いいものを買った方がいいな。

ある程度買うものを絞ると、メリーの店の中を色々と物色していたファーマを呼ぶ。

「ファーマ。君はこの『毒蜘蛛の爪』と『暗殺者の軽装鎧』にするといいよ。ちょっと試着させてもらいいな」

「はーい。メリーさん、試着していい？」

「どうぞ。女性用の試着室はあっちね」

ファーマが装備を持って、店の奥にある女性試着室に消えていく。すると、待ち切れないカーラからご指名が来た。

「グレイズ、私のは、どれ？」

「はいはい。ちょっと待ってくれ」

カーラからの催促に慌てて商品棚に視線を戻す。メリーの鑑定屋の棚には、ダンジョンでドロップされた装備品が陳列されているのだが、商店街で販売されているものと違い、特殊効果が付与されている品物が大半を占めていた。

そんなドロップ装備の並んだ棚を漁っていく。

杖は打撃武器にもなるが、基本的に魔法の威力を向上させる方がメインだ。風の噂で聞いたことがあるが、とある脳筋魔術士が杖で魔物をぶん殴ったとか。けど、それは普通じゃありえない使用法だぜ。おっと、話が逸れた。今はカーラの装備だ。

エルフであるカーラは華奢な体格なので、装備の品は軽いものがいいだろう。カーラに合いそうな杖はどれだ。おお、これは『祝福の杖』か。魔力の回復力が向上する杖だったな。魔術系は魔力の自然回復量が増えると戦力が増すからな。ちょっと、重いが……。その分、ローブを軽いものにすれば……

杖の候補を見つけたので、ローブを見繕う。

これがよさげだ。『旅人の法衣』。軽いが、魔物の使う魔法への抵抗値が高くなる。これなら、杖が多少重くてもバランス的にちょうどいいくらいになるはずだ。値段は『祝福の杖』が六二〇〇ウェル、『旅人の法衣』が三八〇〇ウェルだ。

二人ともキッチリ一万ウェルに収めた。値段に差があると、それが元でパーティー内に確執が生まれる可能性も捨てきれない。そういったパーティーがあったことも小耳に挟んでいたので、気を使うことにしていた。特に女性二人だから、なおさら気を使わねばならない。

俺はカーラの装備を手に取ると、彼女に手渡すことにした。

「カーラはコレがいいと思う。試着してみてくれ。もし重すぎたら、すぐに言ってくれ」

「それ、着てみる」

カーラが装備を受け取ると、ファーマも向かった女性用試着室に消えた。

装備を見繕うのも一段落付いたので、商談用の応接椅子に腰をかけると、メリーが紅茶とケーキを出してくれた。

「おう、すまねぇな。助かる」

久しぶりに真剣に装備を選んだため、のどが渇いている。すぐに紅茶に手を伸ばすと、その様子を見ていたメリーがボソッと呟く。

「わりとお高い装備を見繕っているわよね。もしかしてあの二人、グレイズさんの好みかしら？」

「ブッーー!!」

「きゃあ！　なに！　いきなり噴き出したりして」

むせた。むせたさ。メリーさんや。急に何を言い出すんだ。君の言い方だと、俺が下心を持って、若い女性冒険者に装備を買い与えているように聞こえるが、俺にそんな下心はないぞ。

ポケットからハンカチを取り出し、噴き出した紅茶を拭き取りながら、メリーの質問に答える。

「ゲホ、ゲホ。何を言い出すかと思えば、なんの冗談だ」

「いや、やたらとあの子たちに甘いから、好みの子なのかなーって思っただけよ。私の求婚は断ったのにぃー」

からかい半分なのか、メリーがおどけた顔でこちらを見ていた。

「そういうわけではないぞ。あいつらが金がないって言うから、装備代を立て替えているだけだ」

「あら？　そうなの？　てっきり、若い子に貢いでいるのかと思ったから。へー、立て替えかぁ。立て替えね。ふーん」

おどけた顔をしていたメリーが、表情を緩め安堵した顔を見せている。まったく、俺をどんな眼で見ているのか。

メリーの追及をかわしている内に、装備品を試着した二人が戻ってきた。歩き方からして、重量の問題はクリアできているようだ。

「どうだい？　重くない？　動きにくくないか？　サイズも大丈夫か？」

「ファーマは大丈夫！　ピッタリで、いままでの装備より断然軽いよー」

「私、重くない。サイズ、大丈夫」

どうやら、二人ともサイズも重さもピッタリなようだ。ドロップ装備は自動的にサイズ調整されるとはいえ、多少のサイズ違いが出るときもある。そのため、ピッタリとフィットしたという言葉に安堵を覚えた。

これで新しい装備が決まったので、今までの装備品は破損した際の予備に回しておくことにしよう。ダンジョンで装備を酷使すれば、破損する可能性もあるからな。家の納戸にしまっておけばいい。

破損したら武具屋で修繕してもらわないといけなくなる。だから、日常のメンテナンスをしっかりして、破損の兆候を見つけることも一流冒険者には必要になってくるんだが、そういったことも、今後二人に教え込まないとな。

俺は財布を取り出し、代金を支払うことにした。

「よし決まりだ。メリー、これら四点買い上げだ。二万ウェルでいいよな？」

「いや、グレイズさんの新パーティー結成祝いに一万八〇〇〇ウェルでいいわよ。サービスしてあげる。ファーマちゃんもカーラさんも、グレイズさんと組めてよかったわね。この人はいい人だから逃がしちゃダメよ」

「はーい！　メリーさんの言いつけをファーマは守るよー」

「承知、グレイズは捕まえておく」

メリーが二人に親指を立ててウインクしているが、商魂の塊である彼女が割引をするということは、『ダンジョンでいいもの見つけたら、うちに買い取らせてね。期待しているから』ってことだ。

まあ、大概メリーの鑑定屋の方が商店街より買い取り額は高いから、収集品依頼の品物以外は売る予定だった。なんと言っても、メリーの鑑定屋はブラックミルズ一の繁盛店であるからな。

俺は財布から一万八〇〇〇ウェルを取り出すと、メリーに手渡す。

「恩に着る」

「有望パーティーへの出資は惜しまないわよ」

メリーがニコリと笑い、受け取った金を金庫にしまいに行った。メリーを見送りつつ、装備を新調した二人に声をかける。

「ファーマ、カーラ。装備品選びは、こういった感じで軽さと性能を重視した方がいいぞ。多少、値段が張ってもな」

「ファーマ、頭悪いから、すぐに忘れちゃう。だから、毎日読み返すため、カーラさんにメモしなさいって教えてもらったのー。グレイズさんの言葉を冒険者てちょーに書いとく。軽さ、性能、大事。お金かかってもいい」

ファーマが一生懸命に手帳に書き込んでいる。字は書けるようだ。ただ、俺には解読できない文字であるが。まあ、自分が忘れずに思い出せればそれでいい。

「私、覚えた。次から、自分で選ぶ。そして、グレイズに聞く」

カーラは自分の身を第一に考える性格だから、重要性だけ教えておけば、装備には妥協しないだろう。うむ、これで二人とも一歩前進。次は冒険に必要な一式を調達しにいくとするか。ダンジョンに行くまでには、準備にきちんと時間をかけないといけない。

「さあ、次は探索に必要な物を調達しにいくぞ。メリー、世話になった」

「またのご利用をお待ちしております。頑張ってね。グレイズさん」

俺たちは金庫から戻ってきたメリーに挨拶をして立ち去ると、今度はブラックミルズの商店街に足を伸ばすことにした。

『ふあぁあ。あら、メリーさんのお店を出られたみたいですね。次はどこへ？』

ああ、起きたのか。商店街へ行き、ダンジョン探索に必要な物を揃えようと思ってな。

まずは、水と食糧。これがなきゃ、日帰り探索すらおぼつかない。腹と喉の渇きは、冒険者にとって魔物と戦うよりも死活問題だ。さあ、じゃあ後は何がいる？

『ポーションとかですか？　回復できないと辛いと思いますし』

ポーションだって。ああ、それもいるな。でも、それだけじゃないぞ。食器セット、調理道具一式、テント、毛布、松明、火口箱、油脂、ロープ、フック、クサビ、小型ハンマー、小型ナイフ、手鏡、水筒。ざっと、これくらいは背嚢やベルトポーチに詰めて潜らねばならない。探索が長くなるようなら、ここに着替えのセットが入ってくるのだ。

『なんだかいっぱい必要な物があるんですね。それに重そう』

その通り、重いんだなこれが。これらが重量的に加算されることを計算して、装備品を決めないと、最悪、日帰りオンリーの浅い階層しか潜れないパーティーになるんだぜ。

『確かに、装備が優れていても物資が持ち込めないなら深くは潜れなさそうですものね』

そういうことさ。本来、こういった道具類は、パーティーで均等に割り振るものだ。

けど、俺がいた『白狼』では、戦闘に参加しない俺が荷物全般を担ぎ、他の三人は火力を最大にまで高められる装備にしていたのさ。それに俺はステータスＭＡＸの呪いのおかげで、筋力も人外クラスである。多少の荷物など、どうということはないのだ。

『グレイズ殿がパーティーの荷物を全部持つ代わりに、他の三人は筋力限界の装備をして強さを増していたということですか。なるほど、それもありと言えばありですね』

けどな、その極端な割り振りが、ムエルたちの冒険者としての成長を阻んでしまったかもしれないと、最近になって思うようになったんだ。俺が抜けた後で、ムエルたちが探索の荷物をどう割り振っているか気になるが、今は知る由もない。これまで通りの荷物を運ぶには、荷物持ち用のパーティーが必要になってくると思うんだが、雇ったという話は聞こえてこないし。

『グレイズ殿の力も良し悪しってことですかね』

それについては分からんとしか言いようがない。俺がキチンとあいつらに力のことを伝えていたら、また違ったかもしれんがな。勇気が出なかったとしか言えない。

『湿っぽい話はやめにして、ファーマちゃんとカーラさんをどうするかが今は大事だと思いますよ』

おう、すまんな。お前がそう言ってくれると、こっちも心が軽くなる。そうそう、二人の話だったな。だから二人には、きちんとした一人前の冒険者になってもらうため、道具類の荷物もキチンと割り振るつもりだ。

『特別扱いせずに、普通の冒険者として荷物を持たせるってことですか。そういう経験もやはり必要ですよね。あたしは賛成しますよ』

そうか、助かる。俺も色々と迷うからな。誰かに賛成してもらえると一歩が踏み出せるさ。おっと、そうしているうちに街に着いたようだ。

『頑張ってくださいね。あたしは寝ますけど』

また寝るのか。まあいいか。起きたらまた相談に乗ってくれ。

声の主の気配が消えると、俺たちは商店街にある雑貨屋の前にいた。

「さて、雑貨屋に着いたな。カーラにもファーマにも、探索一五点セットを買うぞ。パーティーで一つあればいいんだが、各自が持っていて損はない。これは俺からの祝いだ」

「探索一五点セット？　なにそれ？　必要な物？　ファーマ持ってないよ」

「私も持ってない。探索、いつも日帰り」

二人は冒険者の基本装備である探索一五点セットの存在さえ知らずにいたようだ。そんな二人を見ていた雑貨屋のおばちゃんが、含み笑いを浮かべて近寄ってきた。

「いらっしゃい。あら、グレイズさん。新しいパーティーの子かしら？　可愛らしい子たちだこと。やっと、身を固めるのかしら。グレイズさんの結婚には、商店街のみんながやきもきしているから」

雑貨屋のおばちゃんが、ファーマとカーラをチラチラ見てニコニコしている。どうやら二人を俺の結婚相手だと思っているようだ。

期待を持たせてすまんが、違うぞ。パーティーメンバーなんだ、おばちゃん。

期待に満ちた眼を俺に向けている雑貨屋のおばちゃんに咳ばらいをする。

「んん！　おばちゃん、二人は違うからな。そんなことより、探索一五点セットを二つくれ。この、カーラとファーマの分だ」

普通ならパーティーで分散して持つため、一人に一つなんてことはしないんだが、二人には冒険者としてフル装備の探索も経験してもらうつもりなので買い与えるのだ。

「おや？　パーティーなのに各個人に買うのかい？　太っ腹だね。さすが、『持ってる男グレイズ』だわね」

おばちゃんが発した言葉に、ファーマが不思議そうに首を傾げる。

「グレイズさん、何か持ってるの？」

「ファーマ、多分、グレイズ、金、持ってる男」

カーラがこっそりファーマに耳打ちしている声が聞こえてきた。

こらこら、カーラ。ファーマに変なことを吹き込まない。いや、確かに持っているけどもさ。それにしても、雑貨屋のおばちゃんもろくなことを言わないな。

「とりあえず、そういうことはいいから、二つね、二つ。カーラ、ファーマ、体重を自己申告してくれ」

「え？　ファーマの体重？」

「グレイズ、エッチ、変態、女の敵」

体重をと聞かれた二人の視線が険しさを増した。

いや、まあ、女性に体重を聞くのは失礼だと思うが、冒険者でパーティーの仲間であれば、聞いておかねばならないのだ。別にセクハラしたいわけじゃないぞ。

俺の状況をみかねたおばちゃんが、助け舟を出してくれた。

「お嬢ちゃんたちは、まだ駆け出しみたいだね。最近はこういう基本を教えてくれるベテランも少なくなったからねぇ。グレイズさんがお嬢さん方に体重を聞いたのは、最大で持てる荷物の量を決めるためさ。これを誤魔化すと、荷物配分で揉めるからね。正直に教えてあげな。ああ、大丈夫さ。グレイズさんは体重で女の子を差別しないからね」

おばちゃんが、俺が体重を聞いた理由の補足してくれたことで、二人の顔から険しさが消えていく。持てる量を把握しないと、セットの大きさを決められないんだ。

「な、なるほど。そうだったんだー。じゃあ、教えるねー。ファーマは四八デフィール、身長は一五三ミレル、スリーサイズはB：78、W：52、H：80のDカップなのー。グレイズさん覚えてくれた？」

えっへんと胸を張りながら、ファーマが元気よく答えてくれた。

ファ、ファーマ！　身長までは分かるが、スリーサイズとカップ数は言わなくていいぞ。今のは聞かなかったことにしておくことにした。

俺は記憶からファーマのスリーサイズを消去する。いらない情報をあまり収集してはいけない。

そんな俺の様子を見ていたカーラが、訝しげな眼を向けていた。別にやましい気持ちはないぞ。

「グレイズ、顔が緩んでいる。仕方ない、私、体重四四デフィール、身長一五五ミレル、スリーサイズはB：82、W：51、H：84のEカップ。覚えたか？」

ファーマと同じように胸を張って、スリーサイズまで公開していた。

カーラ、意外と巨乳……着やせするタイプか。って、違うわ。二人ともいらん情報を付けないで欲しい。ここは冷静にな。冷静に。ちょっと、雑貨屋のおばちゃん、なんでニヤニヤしているのさ。べ、別にスリーサイズまで聞きたかったわけじゃないぞ。本当だ。

おばちゃんから居心地の悪い視線を感じたので、咳(せき)ばらいをして平静を装う。

「ゲフン、ゲフ、ゲフ。お、おっけ。了解した。最大重量は装備品の付与や、成長によるステータス上昇で筋力が増加してない限り、体重の八割程度が目安だからな。あんまり重い荷物はスタミナを削(けず)ることになる。ということで、二人とも駆け出しなのを配慮して、ファーマが最大三八デフィール(キログラム)、カーラが三五デフィール(キログラム)ぐらいにしておいた方が無難だな」

素早く最大重量を計算しておく。ちなみに俺は、一人で三〇〇デフィール(キログラム)でも余裕で持てる。なにせ、ステータスＭＡＸの呪いにかかっているからな。前のパーティーではただの鋼鉄製の背負子(しょいこ)を、持ち物の重さがなくなる魔法の品——魔法の背負子(マジックキャリアー)だと偽って、それくらいは普通に運んでいたのだ。ムエルたちも、『商人』が個人で持ち込んだものだからと、大量の荷物を運ぶことを怪しまなかった。

二人の最大重量が決定したことで、おばちゃんが彼女たちに合うセットを探しはじめていた。そして、目当ての品をカウンターに並べた。

「なら、こっちの軽量タイプの探索一五点セットだね。これなら、一二デフィール(キログラム)で収まるし、女の子でも持ち運べるはずよ。二つで一五〇〇ウェルね。いいかい？」

軽量タイプは女性向けに作られた探索一五点セットでお値段は張るが、一人前を目指すなら自前で持っていた方がいい。

「ああ、それでいいよ。これ代金ね」

俺はすぐに財布を出して、おばちゃんに代金を支払った。

二人に探索一五点セットを入れた袋を手渡すと、自分が持てる残りの量を申告させることにした。

「じゃあ、二人とも装備品と探索一五点セットを差し引いた残り重量申告して」

「私、装備品一〇、探索セット一二、最大三五。残り一三デフィール(キログラム)」

「ああ!! ファーマは頭悪いから、計算苦手だよー。カーラさん、できないー」

計算が苦手なファーマがアワアワしている。その様子を見たカーラが、スッとファーマの冒険者手帳を取り上げていた。

「落ち着け、ファーマ。この手帳に計算式を書く、大丈夫。ファーマきっとできる」

カーラがまるで姉のように優しい眼でファーマを諭していた。ファーマは、カーラが出してくれた冒険者手帳に、自分の持てる残り重量の計算式を書いていく。

「ううぅ、装備が一三で、探索セット一二、ファーマの最大重量が三八だから、あーなって、こーなって、残りは……一〇デフィール(キログラム)？」

計算を終えたファーマが、俺とカーラの顔を見上げていた。

なにゆえ疑問系で俺たちを見る。間違っているが、頑張ったからお咎めはなしだ。努力の形跡が見られれば、あとは慣れるだけだ。

カーラがファーマの頭を優しく撫でていた。

「残念、一三デフィール。今度、私が計算教える」

「カーラさぁああん、ありがとぅう！　ファーマ、頭悪くてごめんねぇー。ううぅぅ」

計算を間違え泣きじゃくるファーマを、カーラが慰めている。まあ、失敗は誰にでもあるからな。失敗から学ぶ姿勢を忘れなければいいだけのことだ。

二人を見ていた雑貨屋のおばちゃんも、ハンカチを眼の端に当てて泣いていた。

「うんうん、わりといいコンビね。グレイズさんもいるなら、ホントに三年でSランクまで行くかもね。期待しているわ。そうだっ！　これは、うちからのプレゼントよ。これからも贔屓にしてね」

カウンターの奥の棚を漁っていた雑貨屋のおばちゃんが、二人に革製のベルトポーチをくれた。ポーションや水筒、小型ナイフや小型トンカチなどが取り出しやすくなる便利アイテムだ。せっかくの好意なので素直に受け取り、お礼を言うと、次の場所に向かった。

『わふぅう。ふぁぁあ。むにゃあ。グレイズ殿、ファーマちゃんやカーラさんの探索セット決まったみたいですね。これでもう潜れます？』

まだちょっと装備が足りないのさ。さあ、次はポーションを買わないとな。

冒険のお供となるポーション。小さな瓶入りの水薬だ。裂傷を塞ぐためや、打撲を癒すための自然回復力を高める『回復ポーション』。魔力の自然回復力を高める『魔力回復ポーション』。スタミナを回復させる『スタミナ回復ポーション』。この三つが『回復系』の基本ポーションだ。

『ダンジョン探索には必須のポーション三種類ということですかね』

ああ、そうだな。この三つは最低でも持ち込んだ方がいいと思うぞ。

この他にも、状態異常を付与する『状態異常系』、状態異常への耐性値を上げる『耐性向上系』、肉体を強化する『強化系』といった物もあり、すべて合わせると数十種類もあるのさ。

『へぇえ、色々とあるんですね。本当にグレイズ殿は博識ですねぇ』

冒険者としては基礎中の基礎だけどな。もちろん、お値段も色々あるし、貴重なものほど高くなるんだ。一本二万ウェルとかいう、高級ポーションもあるんだぜ。

『やたらとお高いけど、何に使うポーションなんですかね？』

何のポーションかって？　実は俺も知らないんだ。

『あら、グレイズ殿でも知らないことがあるんですね。また分かったら教えてくださいね』

おう、なかなか買うのに勇気がいる金額だがな。試しに買ってみてもいいが、そのときには効果をお前にも教えてやれると思うぞ。

『それは楽しみですね。お待ちしています。わふぅ。また眠いので寝ますね』

おう、またな。

声の主が消えたところで、次なる目的地のポーション屋に着いたようだ。

「おっと、いらっしゃい！　お！　グレイズさんか！　いいねぇ、若い子連れて、両手に花か！　うらやまし――ってて」

二人を連れて店舗に入ると、ポーション屋の旦那が奥さんに腕をつねられていた。

人のことをからかうからだ。ざまあみろ。

俺をからかった旦那に頭を下げさせた奥さんが、申し訳なさそうに挨拶(あいさつ)をしてきた。

「いらっしゃい。うちの馬鹿亭主が失礼したね。今日は何にする？　若い子の相手だし、グレイズさんはスタミナ回復薬が入り用かい？」

旦那の不始末を神妙に謝っているかと思ったが、奥さんもセクハラですよ。旦那の方だったらぶん殴(なぐ)っていますけどね。奥さんなので自重しておきますが。

奥さんの言葉を聞いたファーマが、俺の袖を引っ張って困った質問をしてきた。

「グレイズさん、なんでスタミナ回復薬？　ねー、なんで？」

ファーマ、いらんことを聞くんじゃない。言えるわけがないだろう。それに、君たちはそういった対象ではないぞ。うん、そうだとも。

「ファーマ、今度、私が教える。今は黙っておく」

俺が返答に困っていると、カーラがファーマに対して耳打ちしている声が聞こえた。

これ、カーラさんや。変なことをファーマに吹き込むんじゃない。カーラも顔を赤らめているが、俺は別にそんなんじゃないから。大事なことなんで二回言ったからな。

俺は動揺を隠すためにファーマたちから顔を逸らすと、ポーション屋の奥さんに話しかける。

「確かにスタミナ回復薬もいるけどね。今日は二人に、冒険者に必要な基本ポーションを教えようと思ってね」

「あー、そうなの。てっきり、そっちのポーションがいるのかと思ったわ」

「ファーマちゃん！　うちはファーマちゃん推しだからな。頑張れよー。ファイトー一発！」

ファーマ推し？　一体何の話だ。商店街の連中が何かまたよからぬことを企んでいないだろうな。あとでちょっと商店街の連中をシメて、聞き出しておいた方がいいか。

「はいー。ファーマ、一発頑張りますー」

ファーマがポーション屋の旦那に釣られて拳を突き上げていた。

違う、違うぞ。頑張るのはダンジョン探索の方だからな。そっちを頑張ってはいけない。

「グレイズ、変態、女たらし」

カーラから厳しい視線が俺に注がれていた。

カーラ、これは違う。俺のせいじゃないぞ。なんで、機嫌が悪い。

空気の悪さを感じたので、咳(せき)ばらいをして話を別の方向に持っていくことにした。

「んんっ！　ポーションの話だったな。回復系ポーションは自然回復力を向上させる水薬で、即効性はないことを頭に入れておくこと。即効性のある回復魔法とは効果の出方が違うから、状況に応じて使い分けしないといけないぞ」

「グレイズさんの言う通り、ポーションは身体に行き渡るのに、しばらくかかるからねぇ。体力ギリギリで解毒ポーションを飲んでも、効果が出る前に体力が尽きちまうこともあるってことね」

ポーション屋の奥さんが話すように、効果発動時間を頭に入れて飲まないと、そういった笑えない事態に陥(おちい)る。

探索階層が深くなるにつれて、別のポーションも必要になってくるが、まずは基本中の基本である、三本のポーションをきちんと使いこなすのが、一流の冒険者への道だ。

「ポーションなんて高くて、ファーマは飲ませてもらったことないよー。お前は唾(つば)付けとけって言われてたのー」

ううう、不憫(ふびん)すぎるぞ。ファーマ、ポーション代すら仲間からケチられていたのか……

俺と同じくファーマを不憫に思ったカーラが、彼女をギュッと抱きしめていた。

「私、ファーマに回復魔法かける。ポーションも飲ませる。安心するがいい」

確かにファーマは猫耳と尻尾が素敵な獣人だから、自然回復力に優れているけどな。それとこれとは話は別だ。

ダンジョンでは何が起きるか分からない、回復手段はいくらあっても困らないんだ。『命大事に！』が、このパーティーの基本方針だ。生き抜いてこそ、立派なSランク冒険者になれるのだからな。

「ファーマ、前衛を担うからには回復ポーションに慣れておかないとな。うちはケチるつもりもないし」

「はーい。どんな味がするのかなー。楽しみー」

カーラに抱きしめられているファーマの頭をグシグシと撫でてやった。大事な仲間を助けるための金を惜しんではいけないのだ。

「私、魔力回復ポーション、欲しい。コレ、大事。魔法いっぱい使える」

カーラが魔力回復ポーションを指差している。魔法職の彼女には必須のポーションになるだろう。

「ああ、そうだな。回復と強化の魔法が使えるカーラは、魔力回復ポーションを多めに持った方がいい。即効性のある回復魔法はダンジョンで貴重だからな」

回復支援魔法の使い手であるカーラは、魔力回復ポーションを持った方が戦力維持できる期間が延びる。そういったことに関しては、カーラの理解力は早いので助かるな。

「ファーマは魔法使えないから、回復ポーションとスタミナ回復ポーション多め？」

カーラに抱きしめられていたファーマが聞いてきた。

「ああ、選択として悪くないが、戦闘スキルを覚えれば、発動に魔力を使うことになるからな。少なくとも一本は魔力回復ポーションを持った方がいい」

魔法が使えない者も、戦闘スキルの発動には魔力を一定量消費するので、持ち込んだ方がいい。

魔力切れを起こすと、気絶して行動不能となるので、その予防の意味も持っている。

「あと、各ポーションは大瓶で買った方が割安だし、壊れにくい。よほど特殊なポーションじゃない限り、大瓶で買って、休息時間とかに小瓶に移し替えた方が破損率も減る。瓶が壊れなきゃ中身を補充してもらえばいいんで、さらにお買い得だ」

俺は、商売人時代にベテラン冒険者から聞いた知恵を二人に伝授していく。

「おやまあ、そんなベテランの知恵まで、駆け出しさんたちに教えるのかい？　今どきの子は、かさばるからって大瓶使いたがらないし、小分けも面倒だっていう子がほとんどなのにねぇ」

ポーション屋の奥さんが、俺に感心していた。

俺は二人を一流の冒険者に育てると決めているので、自分の商売人として生きた二〇年と、冒険者としての五年の中で得た知識を全て教え込むつもりだ。

　二人は俺の話を真剣な表情で聞いている。

「節約も大事ってことさ。ポーションがぶ飲みして依頼（クエスト）達成したけど赤字でした、じゃ笑えないからな。ファーマに回復ポーションの大瓶一つと、スタミナ回復ポーションの大瓶一つ、そして魔力回復ポーションの小瓶三つ。カーラは回復ポーションの小瓶三つ、スタミナ回復ポーションの小瓶三つ、魔力回復ポーションの大瓶一つを頼む」

　ポーション屋の奥さんが、注文の品を瓶に詰め替えていく。

「あいよ。大瓶は重さが一個五〇〇フィール（グラム）で小瓶約五〇個分。小瓶は一個一〇フィール（グラム）になっているよ。値段は回復ポーション大瓶一〇〇〇ウェル、小瓶二五ウェル。スタミナ回復ポーションが大瓶一一〇〇ウェル、小瓶三〇ウェル。魔力回復ポーションが大瓶一二〇〇ウェル、小瓶三五ウェルだよ」

　俺は頭の中ですぐさま合計金額を弾きだす。全部合わせて三五七〇ウェルとなるはずだ。

また、これでファーマの残り重量はおおよそ一一デフィール（キログラム）、カーラは一二デフィール（キログラム）だ。

「全部で三五七〇ウェルだな。よし、端数は切り捨て、小分け用の小瓶は追加しといた。オマケだ。持ってけドロボー！　ファーマちゃん、カーラさん、今後もご贔屓（ひいき）に」

　ポーション屋の旦那が、空の小瓶を一〇個ほどおまけでつけてくれた。これで小瓶が破損しても代わりとして使えるはずだ。

「わーい。オジサンありがとー」

「感謝、今後も頼む」

「すまんな。恩に着る。ほら、三五〇〇ウェルだ」

俺はポーション屋のおまけに感謝しつつ、財布から金を出して渡す。すると、ポーション屋の旦那は顔をニヤニヤさせた。

「毎度ありー。夜のポーションのご用命もお待ちしております」

「うるせー」

ポーション屋で支払いを済ませると、最後の店に向かって歩き出した。


『日が傾いてきたみたいですね。今日は色々と回ってご苦労様です』

探索するにしても、事前準備は大事だからな。しかしそれも、次の店で最後さ。ダンジョンに潜るのに必要な物も大半が揃った。あとは食い物と飲み物だ。

日帰りなら、水筒に入る水と昼飯分の食事で気楽に潜れるが、泊まりとなれば、食料は持ち込まねばならぬし、水場も限られる。ファーマやカーラは駆け出しパーティーにいたから、泊まりの探索はしたことがないだろう。

『ダンジョンの中では物資が調達できないそうですね。なので、荷物を厳選しないといけないですねぇ』

　その通り、だから食い物と水が優先されるわけだ。
　ちなみに聞いた話では、ダンジョンに生えている植物や魔物などで飯を作るチャレンジャーが、どこかのダンジョンにいるそうだが、俺は死にたくないので、普通の食材での調理をお薦めするぞ。
　昔一度だけ、ダンジョンで迷って食料が尽きかけたとき、生えていた茸（きのこ）を食って死にかけてから、絶対にダンジョンに生えている物は口にしないと決めていたのだ。
　いやー、あのときはマジで逝（い）くかと思った。なんか、背中から羽根を生やした子供みたいなのが、見えたからなあ。

『え！　グレイズ殿が死にかけたのですか？　そんな話知らなかった』

　冒険者になり立ての頃の話さ。あのときは腹が減ってどうかしていたってことさ。あーいかん。話が逸（そ）れた。飯と飲み物の話だったな。

『ダンジョンでは食べる物が手に入らないんですよね？』

　そうそう、その通り。ダンジョンの中では食料の調達はできないから、潜る階層によって、行程日数、探索日数を決めて食料を担（かつ）いでいくんだ。深層階に潜るほど必要な食料、水が必要になる。
　けど、人が持てる量には限りがあるということで、ドロップ品でたまに見つかる入れた物の重さがなくなる魔法の袋は高値で取引されるんだ。

『そんな便利な物があるとは……。この世界はすごいですねえ』

そう思うだろ。けど、そういった魔法の袋は希少品だから、持ってないやつらはどうするかってーと。冒険者ギルドで金を払って荷物持ちしてくれるパーティーを募集するのさ。

『へええ、荷物持ち用にパーティーを雇うんですか、豪勢なパーティーもあるんですねぇ』

まあ、一部のトップのパーティーくらいだがな。その雇ったチームが護衛を担い、荷物持ちパーティーを守りながら、下に降りていくのさ。荷物持ちのパーティーは戦う装備を最小限に抑え、水や食料などを担いでいく。こういった荷物持ち専門にやっているパーティーもいくつかあると聞いている。

だから、深層階に潜るのも考えものさ。依頼の依頼料やドロップ品次第では、荷物持ちパーティーに払う日当で赤字になることもあるからな。

『ああ、それは辛いですね。頑張って深く潜っても、持ち出しが多いってなると』

そういうことさ。理想は、自分たちのパーティーだけで深層階に潜り、高価値なドロップ品だけを選んで持ち帰る方法だ。つまり、ムエルのパーティーでやっていたことが、一番効率的に稼げた。

『なるほど、グレイズ殿が荷物を大量に持てるんで、大量の物資を持ち込んで深層階で魔物を倒し、ドロップ品を選別して持ち帰っていたって話ですね。ガッポリ稼げていそう』

まあ、稼げていたな。それは否定しないぞ。おっと話が逸れちまったが、要は飯や飲み物もよくよく考えて持ち込まないとえらい目に遭うってことさ。

『勉強になりますね。グレイズ殿と話していると、あたしも冒険者になってみたくなりました』

声しか聞こえないが、お前に身体があるんなら、一緒に組んでもいいぜ。うちのパーティーにくるか？

『う～ん。参加したい気もしますが、上司の許可も要りますしね。考えときます』

声の主が気配を消すと、本日最後の目的地である食料品店に着いた。

「おう、グレイズ。今日は何が入り用だ？　おや、この子らが噂の……へえ、べっぴんさんだな。二人ともグレイズのことしっかり頼むぞ」

ニヤニヤと笑いを張りつけた顔をした食料品店の親父も、商店街の連中のよからぬ企みに参加しているようだ。

まったく、ここの商店街の連中とは付き合いが長いし、いいやつらなんだが、悪ノリするのが玉に瑕だよな。

「今日は保存食を買いに来たんだ。豚のハム、ソーセージ、牛肉の干し肉、干し魚、ジャム、固焼きパン、クラッカー、ドライフルーツ、チーズを見せてくれ。飲み物はワインとエールを見たい」

「おや、そんなに持っていくのか？　もしかして長く潜るのか？」

食料品屋の親父がびっくりして眼を点にしていた。

「いや、浅い階層でフル装備のキャンプ実習をしようと思っている。これぱっかりは経験しないと成長できないからな」

冒険者の基本能力として、サバイバル技能がある。この能力が低いと、深い階層まで潜れず、一流冒険者にはなれないんだ。パーティーに一人、能力の高いやつがいれば十分っちゃ十分だが、万が一そいつが怪我を負って動けないときは誰かが代わりをしないといけない。なので、メンバー全員のサバイバル能力が高いに越したことはない。

探索で俺にもし何かあったとき（多分ないが）に、二人ができないでは困るので、駆け出しのうちからしっかり仕込むことに決めたのだ。

ファーマが店に陳列された食材を見て眼を輝かせている。どうやら、果物を干した物にご執心のようだ。

「ファーマはドライフルーツとジャムいっぱい欲しいのー。甘いのがいいー。グレイズさん、いい？」

ファーマがキラキラと期待に満ちた眼で俺を見てくる。

あー、うん。ダメだ。ダメだぞ。好みで携行食料を決めちゃいかんよ。腹持ち、栄養などを考えて決めていかないといけない。

「私、野菜と酒、欲しい。肉嫌い」

そういえばエルフは菜食主義者が多いと聞く。酒もあまりたしなまないとは聞いていたが、それにしてはカーラは酒をよく飲むような気がする。けど新鮮野菜は短期の探索以外は無理。酢漬けか塩漬け野菜になる。

一応、ふたりの要望を取り入れつつ、ダンジョンに持ち込む保存食を決めていく。

「ファーマ、甘いものばっかりじゃダメだぞ。カーラがリクエストした野菜の酢漬け、塩漬けを追加してくれ。あと、ワインもエールもアレで頼む」

水分は水筒に真水を入れていくが、食事はワインかエールで流し込む。保存食とセットにされる飲料がワインとエールなのは、両方ともアルコール分のおかげで腐敗（ふはい）しにくいので、真水より長持ちするからだ。

「オッケー。瓶詰の漬物があるからな。携行食料は何食分持っていくんだ？　三日くらいか？」

食料品店の親父が注文した品物を取り出してカウンターの上に並べていく。並べられた食品を鑑定したが、傷んでいる物はなかった。店によっては傷んでいる品物もあるんで、信用できる店を決めて購入しているのだ。

「そうだな。三日分だから一人九食分頼む。品物はいつも通り、品質はいいものだったから、お任せしておくよ」

「分かった。いつも贔屓にしてくれるグレイズだから、塩、胡椒、油はサービスで付けておくよ。お代は三人分二七食で二七〇ウェルだ」

俺がこの店を使うのは、扱っている品質がいいこともあるが、値段の安さでもブラックミルズ屈指の食料品店だからだ。

「助かるよ。ファーマ、カーラ、荷物を受け取ってくれ」

二人に食料品店の親父が梱包してくれた食料を持ってもらう。

「はーい。ファーマ、ご飯楽しみー」

「ファーマ、ご飯、目的、違う。ダンジョン潜る、目的」

「はーい」

ファーマが完全に目的をはき違えているが、本来の目的を忘れてはいかんぞ。ご飯を食べに入るわけじゃないからな。

食料と飲料を手に入れたことで、ダンジョンに潜る準備は整った。さて、明日からは二人にフル装備させて、ダンジョンでキャンプ訓練を施すか。キャンプ中のメニューはどうするかな。

家に帰る帰り道のさなか、俺は明日からダンジョンの中で作る食事のメニューを考えていた。

■

荷物持ちのグレイズが、オレ（ムエル）がリーダーを務めるパーティーを去り、そしてあらたにAランク冒険者で美人の魔術士アウリースを仲間に加えてから、はや一ヶ月と少し。Sランクパーティー『白狼（ホワイトウルフ）』の空気はとてもギスギスしている。

「アウリース！　援護！　遅いわよ！　あたしを殺す気!?　魔法を撃ちなさいよ！　このグズが！」

援護がわずかに遅れたアウリースを、ミラが厳しく叱責（しっせき）する。

アウリースのことをミラがあまりよく思っていないのは、言葉の端々（はしばし）から感じ取れた。

「ご、ごめんなさい。すぐに援護します！」

アウリースは攻撃魔法の詠唱を省き、即時発動させた火球（ファイヤーボール）を魔物に撃ち込んだ。しかし、詠唱を省いたことで、魔法は本来の威力を発揮せず、ミノタウロスの動きを止めることはできなかった。

オレたちは今、中層階の一八階層でミノタウロスと戦っていた。そう、中層階だ。Sランクパーティーのオレたちが、中層階のミノタウロス討伐に手こずっているのだ。

ありえない。これまで、こんなに苦戦したことはないのだ。いつもなら、こんなミノタウロスなど、ものの数撃を食らわせれば倒れ、ドロップ品に変化していたはずなのに、全く攻撃が効いた様子が見えないでいた。

「きゃあ！」

ミノタウロスの拳を避け損ねたアウリースが吹き飛ばされ、地面を転がっていく。

「クソ女。ミノタウロス程度の攻撃に当たっているんじゃないわよ。アンタがしっかりと援護しないからこっちが攻撃できないって、いい加減理解してもらえるかしら!!」

ミラが視線を厳しくして、地面に転がったアウリースに捲し立てる。この階層に到達するまでに、オレがアウリースを庇うたび、ミラの彼女に対する口撃が激しさを増していた。

「ご、ごめんなさい。私、私……」

「アウリース！　大丈夫か？　ミラ、援護頼む」

アウリースを助け起こすと、ミラに援護を頼みつつ、ローマンを呼ぶことにした。

「ローマン、彼女の回復を頼む！　その間はオレが前に出る」

呼ばれたローマンが両手でバツを作っていた。

「すまん、もう魔力を使い果たした。彼女には自分の回復ポーションで回復してもらってくれ」

「嘘だろ。まだ、中層階だぞ。魔力回復ポーションも切れたのか？」

ローマンがオレの問いにコクンと頷いた。

馬鹿な。消耗が早すぎる。荷物持ちのグレイズが抜けて、携行食料や道具を皆で分配したため、携行量が激減したのは分かっているが、火力が上がった分、到達速度は早まったはずだ。

なのに、もうローマン用の魔力回復ポーションが切れただと……

「いや、あるにはあるんだが、小分けを忘れていてな。すぐ使えるポーションがない。すまん、私の失態だ」

ローマンがバツの悪そうな顔をしてこちらを見ていた。

こいつ、小分けをサボりやがったのか。たるんでやがる。ちっ、焦らせるなよ。もう物資が尽きたかと思ったじゃねぇか。

荷物持ちとしては超有能だったグレイズが抜け、物資に不安がある状態であることは、今回の探索における最大の弱点であった。

「ちっ、しょうがねぇ。オレのを飲め」

ベルトポーチから魔力回復ポーションを取り出し、ローマンに投げ渡す。

「わっと……」

ローマンが手を滑らせ、魔力回復ポーションが地面に落ちて割れた。

ありえねぇ。ありえねぇ、凡ミスだ。Sランクパーティー『白狼』がこんな凡ミスを起こすなんて……。クッソ、グレイズが抜けてから何から何まで上手くいかねぇぞ。

「ローマン！　てめぇ！　寝てんのか！　ごふっ――」

ローマンに視線を向けていたら、オレの身体にミノタウロスの斧がヒットしてふき飛ばされてしまった。

オレは、ダンジョンの壁に叩きつけられる。息が詰まって身体中が痛みを発するが、金を注ぎ込んだ装備のおかげで即死は免れた。だが、あばらの二〜三本は持っていかれた。呼吸する度に鈍い痛みが走る。

「ゴフッ、ゴフッ。か、回復ポーション」

すぐにベルトポーチに手を伸ばすが、緊急用回復ポーションがベルトポーチに挿さっていなかった。

しまった。オレも小分けを忘れていた。いつもグレイズに任せていたのが癖になっていて、つい忘れちまったぜ。

前線ではミラが一人、ミノタウロスの攻撃をかわしてヘイトを取っているが、決定打に欠ける探索者の彼女だけでは倒せないだろう。

クソ、早くオレが援護しねぇと。ミノタウロスごときに全滅させられちまうぜ。

「ローマン、回復ポーションを寄越せ！」

アウリースのもとに駆け寄り、彼女の持つ、魔力回復ポーションを飲んでいたローマンに、回復ポーションを要求する。

「ほらよ。ムエルも人のこと言えないじゃないか」

ローマンは、回復を待つアウリースのベルトポーチから回復ポーションを取り出すと、オレに投げて寄越した。

こんな中層階でSランクパーティー『白狼（ホワイトウルフ）』が苦戦するわけにはいかんのだ。クソ、クソ。なんで上手くいかない。これじゃあ、グレイズがいなくなったから弱くなったと思われるじゃねぇか。

クソが。

ただ、事実グレイズが抜けてからの一ヶ月は、深層階に到達すらできないせいで、受注した依頼（クエスト）をキャンセルすることも多くなった。

今回も深層階での依頼（クエスト）だが、以前潜っていた場所に比べれば深層階といっても入り口でしかない。けれど、そこまでさえ到達できないのだ。

突きつけられた事実に半ばやけ気味となり、回復ポーションを飲み干すと、空の小瓶を勢いに任せて叩（たた）き割り、剣を構えてミノタウロスに立ち向かっていく。

オレたちはこんなに弱いわけない。弱いわけがないんだ。グレイズがいなくなっても、オレたちはやれるっ！　やれるんだよっ！

回復ポーションが効果を発揮し、痛みが和（やわ）らぐのを感じると、ミノタウロスが振り回した斧（おの）をかわして、わき腹に剣を突き立てた。

「うぉおおおおお!!」

結局、この後オレたちはミノタウロスを討伐したが、消耗品の大半を消費し、深層階に到達することなく、ダンジョンを引き返すことになった。

強がってみたが、グレイズがいないと何事も上手く回らない。

火力を期待した魔術士のアウリースは、その能力を生かせず、ミラに対して萎縮しているようだ。

彼女が所属していたパーティーのリーダーが金に困っていたというので、多額の移籍金を積んで引き抜いたが、案外周囲の噂とは違い、期待外れかもしれん。

だが、結構な金額を注ぎ込んだのだ、せめてオレを楽しませることくらいはしてもらいたい。

探索で使えないなら、そっちで役立ってもらわないとな。

オレは上手くいかなかった探索の失敗を脳裏から振り払うため、酒場にくり出す。ついでにアウリースを連れ出すことも忘れずに行うことにした。

■

『わふぅう。今日は探索ですか。そういえば、キャンプされるとか言っていましたよね？』

おおそうだ。今日から三日間潜るつもりだぞ。

『実はあたしダンジョンって詳しく知らないんですよね。グレイズ殿は知っています？』

ダンジョンについてか。俺もそこまで詳しくないが、聞いた話だと、このソラミス大陸の地には、魔素(マナ)が集中する特異点と呼ばれる場所がいくつもあってな。そういった場所に、今ではダンジョン主と言われる魔物が住み着き、年月を経て地形を変化させ、ダンジョンを形成しているらしい。

そのダンジョン主のおかげで、ダンジョンの中は通常の理(ことわり)と違う空間が形成されており、一定期間経つと宝箱や魔物を自動生成する場所になる。

そして、ダンジョン主が住み着いて年月を経るほどダンジョンは深くなり、発生する宝箱の数が増え、魔物も強くなるのだ。

『ダンジョン主ですか……どこかで聞いた気もしますが……どこでしたかねぇ。思い出せないですね。まあ、思い出せないのはしょうがないので放っておきましょう。話は変わりますけど、このブラックミルズのダンジョンは、できてどれくらいなんです？』

ここか？　今潜っているブラックミルズのダンジョンは、三〇〇年物とされ、わりと古いダンジョンに分類されるそうだ。現在は第三一階層まで確認されているぞ。俺もそこまでは到達しているからな。

『へえ、さすがグレイズ殿。じゃあ最終階層まで到達するとどうなるんです？』

最終階層には、ダンジョン主が待ち構えていると言われているな。

ダンジョン主である魔物を退治すると、ドデカイ魔結晶になるって聞いたことがあるが、年数の若いダンジョンでもなかなか最終階層までは到達できないらしいぜ。ダンジョン主の間を守る魔物はかなり強いらしい。

ただ、一度でいいからしてみたいけどな。なにせ、ドデカイ魔結晶は高額で取引され、使い切れないほどの金が手に入るとも囁かれている。

『ドデカイ魔結晶ですか、キラキラして綺麗なんでしょうね。一度くらいは見たいです』

万が一最終階層までこのパーティーで行けてダンジョン主を倒せたら、お前にも拝ませてやるよ。

『それは楽しみです。それはそうと、ダンジョンはこういった洞窟みたいなのばかりなのですか？』

今日は質問が多いな。まあ、質問に答えるのも楽しいからいいんだが。

ダンジョンに関しては色々な種類のダンジョンがあるんだとよ。

ちなみにこのブラックミルズのダンジョンは、自然洞窟タイプのダンジョンさ。他にも迷宮タイプ、都市タイプ、塔タイプ、密林タイプなんて変わり種もあるぞ。

『色々とあるんですねぇ。勉強になります。グレイズ殿はやはり博識ですね』

んなことはねえな。人生経験が長い分無駄知識を蓄えているってだけさ。さて、そろそろ入り口に到着しそうだぜ。今日から三日間、ダンジョン内で過ごすことにしている。

ファーマとカーラも着替えと食料、水を入れて重量の余裕は五デフィールくらいだ。本当なら、仲間内で荷物を割り振って、もう少し余裕を作れるはずだが、今回はソロアタック用のフル装備を経験してもらうことにしているんだ。

『見るからに重そうですもんね。お二人とも。あら、そろそろダンジョンに着きそうですね。あたしは寝てますんで、また後でお話を聞かせてくださいね』

オッケーだ。また起きたら話しかけてくれ。

声の主は気配を消していく。寝ていることが多いが、起きたら話しかけてくるので、またそのときに色々とおしゃべりをしようと思った。

「グレイズさん。着いたよー。あー、重たいよー」

「私も重い、こんなの、初めて」

背中に大きな背嚢（バッグ）を担（かつ）いだ二人が、膝に手をついて大きく息を吸っていた。二人ともフル装備でのダンジョンアタックは初めてなんで、ここにくるまでに何度も重いと言っていた。なので、ダンジョンの探索前に小休止をすることにした。

まあ、確かにそうだな。パーティー組んでいるのに、個人ごとにソロ探索フル装備なんて、普通はありえない。実際、ここにくるまでに何度も、他のパーティーから指を差されて笑われていた。けど、笑いたいやつらには笑わせておけばいい。火力のみが、ダンジョン探索の必須項目ではないのだよ。いかに物資を節約して長く潜れるかって視点がないと深い階層は目指せないのさ。

そのためにはキャンプ能力、サバイバル能力といったところも必須となってくる。二人には今日からそれをミッチリ叩き込むつもりだ。

「二人には冒険者の基本をきちんと覚えて欲しいからな。ソロでの探索フル装備はしんどいかもしれんが頑張ろう。探索フル装備で潜る経験は、しておいて損はないぞ」

「グレイズさんの期待にファーマは応える。仲間外れにされたくないから」

ファーマが真剣な眼でこちらを見たと思うと、俺の教えを手帳に書き留めている。

彼女自身のやる気の源は、もう追放されたくないという気持ちのように思える。カーラが添い寝をするようになってからは夜中にすすり泣く声もなくなり、出会ったときの自信なさげで卑屈な印象をガラリと変え、人懐っこく天真爛漫さを見せていた。

もちろん、俺は追放する気などない。一人前になった二人が、他のパーティーに移籍したいと言い出したなら、喜んで送り出してやるつもりではいるが。

それと、付き合ってみて分かったことだが、ファーマは頭が悪いんじゃなくて、仲間たちの教え方が下手なだけだったようだ。重要なことに話を絞って、ゆっくり説明してあげれば、理解はできるのだ。

俺はファーマの頭を優しく撫でると、諭すように伝えた。

「ファーマ、そんなに気負うことないぞ。俺はどうせ他のパーティーからの引き合いのない『商人』だからな。じっくり教えてあげられるはずだ。慌てる必要はない。ゆっくりとじっくりと行こう」

「はーい。でもファーマは成長するために頑張る[がんば]ー！」

ファーマの頭を撫[な]でていた俺を、カーラが品定めするような視線で見ていた。

「グレイズ、ホントは有能。街の人も頼りにしている。なんで、力隠す？」

カーラは、他人にはあまり興味ないかと思っていたが、どうやら、人間観察力は随分とありそうだ。だが、彼女のその素晴らしい能力は、残念だが自分には発揮されないらしい。

「『商人』としてはわりと有能だと思っているがな。冒険者としては分からん。そういうことだ」

俺の言葉に、カーラもファーマも不思議そうな顔になってこっちを見ていた。

この世の中、わりとジョブでしか人を判断しないやつが多いんだぜ。『商人』＝非戦闘職ってイメージを持たれているからな。他が優[すぐ]れていようが、探索時に火力出ないジョブのおっさんは見向きもされないのさ。

「まあ、俺のことはいい。これから、ダンジョンに入るぞ。中では何が起こるか分からない。低層階だからって油断しないように！」

俺は二人に注意を促す。ダンジョン内は低層階であっても何が起こるか分からない。完全に安全な場所というのも存在しない。常に気を張らなければ生き残れないところなのだ。

「「はい」」

「うむ、よろしい。行動予定表には、三日間第一階層に籠（こも）ると書いて出した。今回は俺が先頭、ファーマ、カーラの順番で進むぞ」

「「はい」」

小休止していた俺たちはフル装備の荷物を担（かつ）ぎ直した。すでに、ダンジョンの入り口にいる冒険者ギルドから派遣された守衛に、ダンジョン内での行動予定を書いた紙を渡しておいたのだ。

この行動予定表は、ダンジョンに入る際、ソロでも必ず書くことになっており、文字が書けない場合は守衛に口頭で伝えることになっている。ダンジョンで遭難したかの目安にするためだ。行動予定表の期間内に戻らねば、遭難したと判断され、冒険者ギルドにより捜索隊が結成される。

この捜索隊は、依頼（クエスト）達成料の中から徴収されるギルド運営費で運営されるが、あまり頻繁（ひんぱん）に捜索隊が出される冒険者は、ランクアップ査定に響くとも言われる。

「うー。頑張（がんば）るー」

「ファーマ大丈夫。私、ついている。この前みたいにはならない」

前回の探索の失敗が二人ともかなりショックだったようで、今回の探索にかける意気込みは前回以上であった。

こうして、俺たちは再びブラックミルズダンジョンの第一階層に足を踏み入れることにした。

ブラックミルズダンジョン。形成時期は三〇〇年ほど前と言われる。ダンジョンが発見されたのは、今から一五〇年ほど前だ。

当時のブラックミルズは山間（やまあい）の寒村であったが、一五〇年物のダンジョンが発見されたと知られるや、大陸各地から一獲千金を目指した冒険者が集まり、それを目当てにした商人たちが集まり、ブラックミルズの村は、街へ拡大していった。

この世界にいくつもあるダンジョン都市として典型的な発展をたどっている。

ブラックミルズは、自然洞窟型のダンジョンで、地下に潜っていくように形成されており一〇階層までを低層階。二〇階層までを中層階。それ以下を深層階と言っている。

現在までの最大到達階層は三一階層。俺が所属していたSランクパーティー『白狼（ホワイトウルフ）』が今年達成した記録だ。この記録を達成した探索は、俺の『白狼（ホワイトウルフ）』での最後の探索となったが、三〇階層を越えると、急に魔物がボスクラスに変わり、探索難易度が急上昇したのを覚えている。

ダンジョン主が討伐され、ダンジョンが枯れた他の街から流れてきた冒険者に聞いた話だと、魔物のランクが急上昇する階層はダンジョン主が近いらしい。

もしかしたら、アレは最終階層目前だったかもしれんな。まあ、過ぎたことだが。それに、そんなこたぁこの際、別にいいんだ。今はカーラとファーマに、冒険者の基本を教えないといけない。

「さて、こうしてダンジョンの中に入ったが、今回は地図もないからなー。自分でマッピングもしていけよー。迷ったら、低層階でも遭難するからな」

ダンジョンの中は、低層階の第一階層でもすでに闇に閉ざされて暗く、各自がランタンを腰に下げて歩いていた。

「はぅ！　ファーマ、地図書けないよー」

ファーマが地図を書くと聞いて、すでに涙目だ。

本来ダンジョンの地図は、探索前に地図屋で入手することを推奨されている。金を払えばダンジョンの地図は手に入るのだ。けれど、その地図さえあれば、迷わない――わけではない。

ダンジョンはダンジョン主が倒されない限り、日々成長を続けているのだ。なので、ある日突然地図にない部屋が発生することもある。古い地図を頼りに潜れば、深い階層ほど遭難の危険性が高くなる。

そういった意味で、俺はマッピングは各個人が行うのを推奨したい。

探索が進むごとに各自の地図を突き合わせ、探索前の地図から変更されてないかの確認作業が命を守ることになる。ダンジョンで思い込みは死を招く。ないと思っていた場所に部屋ができ、魔物が生成されていて、気付かずに襲われて全滅したパーティーもあるのだ。

それに、新しく作成した地図は、地図屋に買い取ってもらえる可能性もある。作成者の腕で当たり外れがあるんで、地図屋も客からの評価を元に作成者にランクを付けて販売している。

ちなみに俺は、正確性、読みやすさ、情報の質で全てSランクの、Sランクマッパー認定をいただいており、階層によっては一枚五〇〇〇ウェル以上で売買されている。地図は一枚売れる度、俺に売値の一〇パーセントが入る契約だ。おかげで、不労所得も結構な額が入ってくる。

話がズレたが、一流冒険者なら地図もきちんと書けないと生き残れないのだ。

俺は地図が書けないと涙目のファーマの頭を優しく撫でてやる。

「大丈夫だ。そのために俺がいる。カーラもファーマもこれを腕に付けろ」

二人に渡したのは、俺が考案したマッピングツールだ。小さな防水紙の表面に、縦横に数字を書いた方眼が刻んであり、ワンフロアごとにマップを書き込めるようになっている。

「コレ？　何？」

俺の自家製マッピングツールを見たカーラが、物珍しそうに見つめていた。

「マッピングツールだ。一部屋進んだらその都度書き込んでいく。扉や階段、水場、罠などは、右端に書いてあるアイコンを参考に書き込んでいけよ。そうすると、質も正確性も担保されるはずだ。あと、方眼一マスは一歩分で書くように」

二人にマッピングツールの使い方を説明する。

マッピング用紙は三〇〇マス×三〇〇マスで区切られている。一枚に収まらない場合があるので、その場合は紙を継ぎ足して使っていくことになる。

俺の説明にウンウン唸(うな)っているファーマと入り口の小部屋を歩き、マッピングを実演してあげた。

「こうやって書き込んでいくんだ。部屋ごと、通路なら一〇歩ごとにマップに書き込む癖(くせ)をつけるといいぞ。もちろん、魔物の気配を気にしながらだがな。地図を書くのに夢中で魔物に気付かなかったじゃ笑えない」

ファーマが、手にした小さな鉛筆で入り口の小部屋を書き込んでいく。しっかりとゆっくりと教える。間違えそうになったら、もう一度同じことを教えた。これからダンジョンで三日過ごす予定なので、慌(あわ)てる必要はない。

「グレイズさん、これでいいの？　ファーマ、間違っていない？」

入り口の小部屋の地図を完成させたファーマが、俺に地図を見せてきた。完成度はイマイチだが、初めてにしては悪くない出来だ。地図屋で買い取ってもらえるかと聞かれればちょっと怪しいが、パーティーで使う分には問題ないレベルだと思われる。

「ああ、上出来だ。ファーマはやればできる子だぞ」

「ほんと！　ファーマ、ちゃんとできる子？　ほんとに！　ねえグレイズさん本当？」

「ああ、ちゃんとできている」

ファーマの猫耳の生えた頭を撫(な)でてやると、ぴょんぴょん飛び跳(は)ねて喜んでいた。

「ファーマだけ、ズルい。グレイズ、私、教えて」

ファーマの頭を撫(な)でていたら、カーラが俺の手を取ってマップの書き方を聞いてくる。けれど、カーラの身体の距離が近いのだ。有り体(てい)に言うとカーラの胸が腕に当たる。

こういうのって注意した方がいいのか迷ってしまう。本人は気付かずにやっているのかもしれないし、注意するとそれはそれで怒られそうな気もするし――って、違う。今は地図の書き方を教える時間だ。

俺はそっとカーラの身体から離れると、後ろに立って同じように実演しながら教えていく。

「カーラもきちんと書けるように教えるから、安心してくれ。焦(あせ)らなくていい。歩数を数えて、紙の下部の真ん中から始めるんだ」

そんなふうにマッピングの基本を二人に教えている間も、ダンジョンに潜っていく別のパーティーたちが俺たちを見て、クスクス笑っていく。マッピングを馬鹿にする者は遭難して泣くがよい。

最近の若手は地図屋で地図を買って済ませるやつらが増えたが、地図が使い物にならなくなる事態に遭遇(そうぐう)したらどうするつもりなんだろうな。

俺はマッピングの練習を小馬鹿にしてダンジョンに潜っていく、若い冒険者たちを見て、ふうとため息をついた。

この後、二人にも自分でマッピングしてもらいながら、第一階層を探索することにした。

俺たちがしているダンジョン探索。主に何をするかというと、ダンジョンが自動生成する宝箱に入っている貴金属や魔法の品物を収集したり、ダンジョン内に発生する魔物を退治して得られるドロップ品を集めることだ。

そして、仕掛けてある罠（わな）を解除したり、決められた物資をやりくりしたりしつつ、深い場所を目指していく。

そういった困難を解決して貴金属や魔法の品、魔物のドロップ品を持ち帰り、換金や納品をして金に換えているのだ。つまり、冒険者と言っても、商人と同じように金稼ぎをしているわけで、大半の冒険者は金目当ての仕事としてダンジョンを探索していると言っていい。

宝箱も魔物も階層が深くなるほどランクが上がっていき、より高額で取引できる貴金属や魔法の品、ドロップ品を落とすようになる。

おかげで昨今の若い冒険者たちの間には、ダンジョン攻略法なる奇説が流布され、パーティーメンバーの火力至上主義に走ってしまうようになる。結果、稼げない低層階をすっ飛ばし、実力や装備を整えずに中層階に潜って大怪我（おおけが）をして、早期に引退するやつが増えていた。

焦（あせ）って攻略を進めても、実力が伴わないなら、冒険者稼業の寿命を縮めるだけだ。

それなのに、『地道にやれ』と言うと、若いやつらから、『これだから、おっさんは……』って白い眼で見られる。

けど、ファーマとカーラの二人は、俺の指示をよく守り、言われたことをキッチリメモしたり、記憶して、真剣に探索している。二人とも若いくせに変わったやつらだ。

「よし、休憩しよう。ファーマ、カーラ、荷物を置いていいぞ。警戒は俺がやる」

「ふうう。やっと休憩だよー」

「荷物重い。探索大変。いっぱいやることある。はい、ファーマ、飴ちゃん」

「むふー。あまーい。幸せー」

小休憩に入ったことで、二人とも水筒の水を飲みつつ、疲れを取るため糖分補給の飴を舐めていた。その姿はまるで姉妹のようである。ただ、獣人であるファーマは見た目と年齢が一致するが、エルフであるカーラの年齢はパーティーを組んだときから気になっていた。

エルフ族は、長命で有名な種族であるため、カーラの言う一六歳という年齢がエルフ族換算の一六歳か、暦換算の一六歳なのか気になっていた。

エルフ族換算の一六歳だと、年齢に一〇倍掛けすることになって一六〇歳という大先輩となるのだ。そうなると、態度も言葉遣いも改めないと失礼に当たるのではと思うので気になっていた。

だから、この小休憩の間に思い切って聞いてみることにした。

「カーラ、一つ気になっているんだが、カーラの年齢はエルフ族換算の一六歳か？」

「ぶふぅ。ケホ、ケホ」

水筒の水を飲んでいたカーラがむせた。そしてキッとカーラの目尻が上がったかと思うと、俺の防具を付けていないわき腹に拳がめり込んだ。続けて、俺の耳元で囁く。

「私、ピチピチの一六歳。エルフ族換算違う。グレイズ、覚えたか？」

「ああ、そうか。すまなかった、カーラは一六歳でいいんだな。俺は覚えたぞ。大丈夫だ。物覚えはいい方だからな」

「よかった。私、物覚え悪い人嫌い。グレイズ、頭いい。それ、知っている」

カーラは一六歳と判明した。

カーラの年齢が判明したところで、休憩を終えた俺たちはマッピングを再開し、カーラとファーマが二人で答え合わせしながら、第一階層を探索していった。

しばらく探索とマッピングを続け、二人も地図の作製に慣れてきた頃、もう一度ファーマが自分の地図に眼を落とす。

「ファーマ、マッピングできるかも。スゴイ？　これってスゴイの？　グレイズさん」

アホの子疑惑があったファーマだが、教えるポイントを絞り、ゆっくり時間をかけて教えてあげれば、普通にマップが作れた。やはり教え方の問題のようだ。頭の悪いアホの子じゃなくて、教え方にかなりの工夫が必要なだけであった。

第一階層で簡単な構造とはいえ、地図はしっかりと教えた通りにきちんと書けていた。構造が難しくなる中層階以降でもこの品質なら、地図屋が値段を付けて買い取ってくれるレベルだと思われる。

「おお、すごいぞ。ファーマ。ちゃんと書けているぞ」

最初の地図よりも格段に上手く書けていたのを見て、ファーマの頭を撫(な)でる。その様子を見ていたカーラも俺に地図を見せていた。

「グレイズ、私のも、見る」

カーラの作製した地図は、正確さはもちろんのこと、壁の落書きがあるとか、隠し扉のボタンの位置とかまで、細かく書き込まれていた。

俺もこの品質なら金を出してもいいと思った。ファーマもきちんと書けているが、カーラのそれは、俺とタメをはるいい出来であったのだ。

「これは、すごいな。十分に金が出せる地図だ」

我がパーティーのメインマッパーはカーラに任せてもよさそうだな。これは意外とすごい人材かもしれん。戦闘で落ちた評価は急回復した感じだ。

「私、有能、当たり前」

「カーラさん、すごい上手〜。ファーマも頑張(がんば)らないとー」

二人がお互いに地図を見せ合って喜んでいた。

そのとき、通路の奥に魔物の気配を感じた。ダンジョンの入り口がある第一階層の魔素(マナ)はかなり薄く、魔物再生成の速度も相当遅い。二日ほど前に潜った際、大半のスライムを片づけておいたので、今日はマッピングしながら探索していても気配を感じなかったが、そろそろ再生成時間に達したようである。

「グレイズさん、魔物の気配がするよ！　た、戦っていい？　いいの？」

魔物の気配を感じ取ったファーマが恐怖の表情を浮かべ、耳をせわしなく動かしつつ、魔物の位置を特定しようとしていた。前の探索のときも思ったが、ファーマは魔物の気配に敏感すぎるようだ。

あのときは、俺が魔物の気配を感じると同時に、彼女は魔物に向かって駆け出していたからな。

ファーマの敵を見つける能力は、かなりのレベルだと思ってよかった。

今日は俺の指示に従うようにと事前に伝えているため、戦っていいのか確認している。

「まだ、早いよ。ファーマ一人で突っ込むと、カーラも俺も援護できないよ」

「ううぅ、そうだったのー」

敵の気配を感じてせわしなく動く猫耳がファーマの恐怖を物語っているが、まずは戦う態勢を整えなければならないのだ。

「焦（あせ）らなくていい。まず、カーラ。戦闘に入る前にファーマに支援魔法をかけようか。そうだなー。『精力増強（タフネス）』をかけてあげて」

ファーマは襲われないか怯（おび）えているが、俺の感じ取っている気配だと、敵の魔物はまだこちらに気付いていないようなので、慌（あわ）てずに戦闘準備を進めていく。

「承知。ファーマ、受け取れ」

カーラも言われた通り、ファーマに『精力増強（タフネス）』の魔法をかけた。魔法の発動を告げる燐光（りんこう）がファーマの身を包んでいく。

これで、ファーマのスタミナは強化され、連続で攻撃してもスタミナ切れを起こしにくいだろう。

「カーラさん！　ありがとー。うう、なんだかいっぱい戦えそう！」

カーラの支援を受けたことで安堵（あんど）したのか、先ほどよりもファーマは落ち着いていた。

「ファーマ、大事な仲間。援護、当たり前。私より戦力上がる。理解した」

カーラも前回の探索での選択ミスを気にしていたようだ。おかげで、俺が『パーティーは助け合うことだ』と言った意味を理解したとともに、冒険者として一緒に成長しようとしているファーマを、仲間として大事に思う気持ちが芽生えているみたいだ。

ファーマはカーラを姉のように慕（した）っているし、カーラもファーマを妹のように感じているらしく、身の回りの世話を進んでしていた。会って間もない二人だが、お互いに波長が合うようである。

「よし、俺がおびき寄せるから、ファーマが攻撃してくれ。カーラはいつでも回復を飛ばせるように準備」

「「はい」」

戦闘の準備を終えたところで俺が先頭になり、魔物の気配のする方に進んでいく。後ろにはファーマ、カーラの順番で付いてきていた。俺は通路に落ちていた小石を拾うと、突き当たりの壁に向けて軽く放り投げる。

カツン。

転がった小石に魔物が反応した。通路の角から顔を出したのはスライムだ。俺たちに気付いたスライムが、駆け寄ってくる。

「ファーマ、まだだぞ。最初は攻撃せずに、敵の攻撃をよく見るんだ。今の防具なら、攻撃を受けても大したダメージじゃない」

「ううぅ。はい。グレイズさんがそう言うなら我慢ー！」

ファーマが敵を見つけると先制して攻撃したがるのは、魔物が怖いからだと思ったのだ。

前回の戦闘だと、ファーマは攻撃するときに敵を見ていない。眼を瞑(つぶ)って攻撃を繰(く)り出していた。

それじゃあ、まぐれ当たりですらありえない。敵を怖がって眼を閉じていては、絶対に倒すことはできない。

魔物を怖がらずしっかり見て攻撃することは、うちのパーティーの戦闘力を担ってくれるはずのファーマが、まず最初に乗り越えなければならない壁だ。

「ううう、こわいぃ。こわいよー」

そう言いながらも、見ることを意識したファーマは、スライムの攻撃を余裕で見切っている。スライムの攻撃は遅いとはいえ、眼を開けて攻撃を避けるファーマの回避スピードは、駆け出しとは思えない身のこなしだった。

「落ち着け、ファーマ。ファーマならやれるはずだ」

前回みたいに、危なくなったらすぐに救援に入れるようにスタンバっているが、今の様子を見る限り、俺の手助けは必要なさそうだった。

「ファーマ、優秀、私、保証する。頑張れ」

カーラが真剣な表情でファーマの応援をしている。カーラにはいつでも回復魔法を飛ばせるように準備させているものの、逆に言えば、今は応援することしかできなかった。

カーラの魔法でスタミナを強化されたのと、無駄な攻撃をしないことで、ファーマは動きを鈍らせることなく、スライムの攻撃をかわし続ける。しばらくそうしていると、敵の攻撃に慣れ、余裕が出てきたようで、恐怖を少しずつ克服していった。

「こ、怖くない。怖くないよ。グレイズさん、カーラさん！」

魔物の恐怖を完全に振り切ったファーマが、軽やかにスライムの攻撃をかわす。すでに動きに無駄はなく、スライムの攻撃が当たる気配は全くない。

「いいぞ！　ファーマ！　よし、じゃあ、よく見て攻撃していいよ」

「いっくよー!!」

すかさずファーマの爪がスライムを切り裂いて絶命させた。

「ファーマ、スゴイ、前と違って、一発」

カーラが驚きの声を上げていた。

ファーマの爪に切り裂かれたスライムがボトボトと地面に落ちると、白煙を上げてドロップ品に変わる。それは、スライムが落とすレアドロップ品の『スライム核』であった。

レアドロップが簡単に落ちるのには理由がある。

呪われた力は、俺の運のステータスもＭＡＸにしたため、魔物を倒したときのドロップ品がレアドロップとノーマルドロップの比率が入れ替わっている。

なので、スライムの場合だと、レアドロップ品の『スライム核』の方ばかりドロップする。ノーマルドロップの『ブルー細胞』の方が逆に手に入れにくくて、俺にとってはレアアイテム化していた。

とはいえ、『スライム核』は最弱のスライムからのドロップなんで、お値段的には大したことない。

かつてのパーティーで深層階に潜っていた頃は、魔物を倒すとレアドロップばかりが手に入り、そのドロップ品を売った金を、戦闘職の三人の装備資金に注ぎ込んでいた。多分、ムエルたちの三人の装備の総額を合わせると、億は突入していたはずだ。

ファーマが退治したスライムのドロップ品を、カーラが拾い上げていた。

「おお、『スライム核』。この前もいっぱい出た。グレイズの、せい？」

拾い上げたドロップ品を見たカーラが、こちらの顔を覗き込むように見ている。

勘の鋭い子は長生きできないぞ。スルーしとけ、スルー。

「ファーマ！　やれたよ！　一発で倒せた！　グレイズさん、見てた？」

「ああ、見ていたぞ。ファーマ！　すごいな。カーラもよくやったぞ」

ファーマが、俺の胸元に飛び込んでくる。避けて落とすわけにもいかないので思わず抱き止めていた。

「ファーマ、顔が近い。あと、ちょっと落ち着こうか」

俺は抱き止めたファーマを、ゆっくり地面に降ろす。

「ファーマ、カーラ。ダンジョンの中では、一瞬の油断がパーティーの全滅に繋がるんだ。だから、周囲の危険を排除したあとでしか気を抜いちゃいかんぞ」

俺はすでに新たに生成された魔物の気配に気付いていた。そして、俺の言葉を聞いたファーマもまた、魔物の気配に気付いたようだ。

「はい！　また敵がいる！　ファーマがおびき寄せるね」

地面の小石を手にしたファーマが、魔物の気配のする通路の奥へ小石を投げた。気配は二つ、それぞれがこちらに気付いたようだ。

「ファーマ、今度、攻撃が当たる強化、飛ばす」

カーラも俺の指示を聞く前に、ファーマの戦力アップをはかるための支援魔法を飛ばした。

カーラが選択した魔法は、対象の器用さを強化する『焦点距離（フォーカスレンジ）』で、攻撃を当たりやすくする効果がある。スタミナが強化されているファーマへの選択としては最適なものを選んだと褒めてやりたい。

「カーラさん、ありがとー！」

スタミナと攻撃命中率が上がったファーマは、近寄ってくるスライムが飛びかかってくるまで待ち続けている。

やがて——ファーマに飛びかかってきたスライム二体は、攻撃をかわした彼女の爪によって切り裂かれて、あっさり絶命した。

キチンと敵の動きを見切ったファーマなら、攻撃が当たれば、スライム程度は一撃で葬（ほうむ）れるのだ。

最初の探索で見せていた無駄な動きは影を潜め、最小の動きで攻撃をかわし、狙いすました一撃を打ち込む姿は、とても駆け出しとは思えない。

ファーマの倒したスライムが白煙を上げてドロップ品に変わる。今度もまたレアドロップの『スライム核』であった。

このあと、再生成されたスライム二〇体ほどと、ファーマを中心にして戦っていたら、ふと入った小部屋に宝箱が生成されていた。入り口階である第一階層に宝箱が生成されるのは珍しいが、この場合、俺の呪われた力が発する運の影響かもしれん。

「グレイズ、宝箱ある。私、探索者、違う。ファーマも、グレイズも違う」

カーラは宝箱を見て、開ける前の罠チェックをどうするのかと言いたいのだろう。遠目に確認してみたが、低層階の宝箱であるため、トラップはかかっていないようだ。

確かにトラップ解除は探索者の専売特許と思われている。

しかし、ステータスＭＡＸの呪いにかかっている俺は、器用さも素早さもＭＡＸ。あと、商人時代に付き合いのあったベテラン探索者から酒の肴に聞いた知識もあるため、ダンジョントラップ解除、宝箱のトラップ解除、鍵の解錠もお手のものだ。

ムエルたちのパーティーのときはミラが解錠担当だったが、彼女が解除を諦めたトラップや宝箱をコッソリ解除して、パーティーの成果物の中に入れておいたことも多々あった。

なので、探索者のいないこのパーティーでは、俺が担当するのが安全だろう。けど、ダンジョントラップの発見とかは、気配に敏感なファーマが担えそうな気もしている。

「罠チェックや解錠は、前のパーティーにいた探索者の子に教えてもらったんだ。俺がやろう」

俺は宝箱の前に膝を突くと、愛用のベルトポーチからピッキングツールを取り出す。

「グレイズさん、気を付けて」

「グレイズ、大丈夫？」

トラップの有無を確認するための細長い鏡を鍵穴に入れ、仕掛けられてないことを確認した。

「ああ、わりと細かい作業は好きだったりするんだ。こればっかりは、駆け出しの二人に任せるわけにはいかない。よし、トラップはなさそうだ。開けるぞ」

宝箱のトラップは階層が深くなればなるほど、複雑で難度の高いものが仕込まれる。毒矢、爆発、毒ガス、麻痺ガス、石化ガス、警報、転移といった種類の罠が仕掛けられているのだ。

ちなみに俺が解除した中で一番ヤバかったやつは、鍵穴の爆発罠を解除して開けようとしたら、中に毒矢が仕掛けてあり、それを解除して品物を取り出そうとしたら、転移が発動する三重罠が仕掛けられた宝箱だ。

休憩中に仲間から外れ、作業を見られない場所で解除したが、とてもイライラした覚えがある。

深く潜れば、そういった意地の悪い宝箱も出てくるし、通路や扉、大規模だと部屋全体に仕掛けられたダンジョントラップもある。

探索者にはそういった罠の発見や解除の成功率を上げるスキルが充実している。といっても、器用さと素早さがＭＡＸな俺に今のところ解除できなかったトラップはない。

トラップがないことを確認した宝箱を開けると、中身を物色する。

「中身は金の塊だったな。価値は、んーっと。五〇〇〇ウェルくらいか」

ダンジョンが魔素を周囲の地層から集める際、一緒に貴金属の粒子も集めるとされ、生成された宝箱には、そんなふうに集積した貴金属が収納されていることもあると聞いた。

「うぁああ。金だぁー。キラキラって光っているよー。綺麗だねー」

子供のこぶし大の金の塊を見たファーマが眼を輝かせている。彼女はキラキラした物が好きなようだ。

「金、魔法の行使を邪魔しない金属。素晴らしい、綺麗」

ファーマと同じように、金の塊を見たカーラも眼を輝かせている。カーラもまたファーマと同じく、キラキラした物が好きであるようだ。

ふむ、女性陣は二人とも金が好きか……。だったら、これはダンジョンでのキャンプ実習を無事に終わらせた二人へ贈るプレゼントを作るために使うか……

俺は手にしていた金の塊の使い道を考えつつ、空になった宝箱の蓋を閉める。

「宝箱には色々な物が入っているが、罠もあるからな。ソロの場合は、探索者じゃない限り触らない方が、命を長らえることになる。二人とも金と命を引き換えにはしたくないだろ」

「分かったー。宝箱はグレイズさんに任せる」

「グレイズ、やっぱり、優秀。今度、トラップの仕組み詳しく知りたい」

カーラは持ち前の探求心をくすぐられたようで、トラップの仕組みに興味を持ったようだ。探索のない日であれば、暇な時間を見つけて、仕組みくらいは教えてもいいかもしれない。

けども、魔術士がいれば、魔法で鍵の有無や罠の判別・解除もできるんだけどな。今のパーティーには魔術士はいないから、ないものねだりをしてはいかん。

手に入れた金の塊を俺が背負っていた背嚢に入れたところで、ダンジョンに入り結構な時間が経過していることが判明したので、一日目のキャンプを張ることにした。

というわけで、俺たちは今夜の宿となる野営の準備を始めた。

俺は、ダンジョンで野営する場合は必ずドアのある小部屋を占拠することに決めている。

階層によっては小部屋がないところもあるが、そういったところではなるべく野営をしない方がいい。寝ている間に魔物の不意打ちを受けるからだ。それを避けるためには不寝番を立てなければならず、交代でやったとしても寝不足になることが多い。判断力の低下はミスに繋がるので、できれば野営はぐっすりと寝られる場所を確保した方がいいのだ。

ドアのある小部屋であれば、鍵を掛けることで、敵の不意打ちを防げる。安心して眠れるんだ。

実は、換気の心配もない。ブラックミルズダンジョンは地下に広がっているが、ダンジョン内は地中の酸素を取り込み空気の循環を行っているみたいなんだ。だから、小部屋に陣取って煮炊きしても酸欠で死ぬことはない。

なので、探索中からその日に止まるキャンプ候補地を探しておくことも重要だ。

ちなみに、小部屋は扉に魔法か物理的な鍵を掛けると、室内では魔物が生成されなくなる。これは、俺が実地で体験した知識だ。鍵を掛け忘れたときは、寝起きにゴブリンと添い寝していたときもあった。

ダンジョン自体が鍵の存在の有無で生成先を決めているのかもしれない。これは俺の推測なので当たっているか分からないが、ダンジョンの野営場所は生死を分ける場所だから、気を付けねばならない。

そして今、俺たちは探索中に見つけたドア付きの小部屋を野営地に決め、テントを張る前に食事用のかまどを作っている最中だ。

「かまどは手ごろな大きな石を集めて作るんだ。あと、焚き火から距離をとっておけば火の調整も楽にできるぞ。下の階層では、たまに別パーティーが野営した部屋が見つかるからな。そういった場所では楽できるぞ」

第一階層で野営するもの好きは俺たちくらいなので、今回は周囲の通路に転がる石を集めることから始め、各自でかまどを作らせていた。

　燃料となる薪は持ち込んだ物を使っているが、下に潜れば撤退や重量オーバーしたパーティーが破棄した物を手に入れられることもある。破棄された物資は見つけたパーティーが使用していいという不文律があるため、逆に言えば物資の破棄は慎重に行わなければならない。

　そんなことを考えていると、かまどを作った二人が火をおこそうとしていた。

「グレイズさん。火がつかないですー」

「私も、無理」

　二人とも火口箱から点火道具を出し、着火を試みているが、上手く点火しないらしい。火口箱の使い方に慣れてないようだ。火口箱で火をおこすには、中に入っている火打石と火打金を打ち合わせて火花を飛ばす。その火花を、麻や木綿などを巻いた消し炭に落として火種を作り、硫黄を塗った附木を発火させるのだ。

「こうやって、火口へ火花を上手く落としてやるんだ」

　俺は二人の前で火打石と火打金を打ち合わせて、火種を火口に落とし、火種に点火し、素早く附木を入れてから、薪をくべたかまどに入れて火をつける。

「グレイズさん、速い～。ファーマも頑張ってみる」

「私も、負けない」

俺の実演を見た二人が再び着火を試みる。二人とも何度目かの挑戦で成功させていた。あとは薪をくべるタイミングを間違えなければ、火が消えることはないだろう。

「よし、火がついたな。後は湯を沸かしたり、好きな食材を使って調理していけー」

「はーい。ファーマはドライフルーツと豚ハムのジャム煮作るぅー」

ファーマができあがったかまどの上に鍋を置いて、水を沸かしはじめていた。

聞いたことのない料理だが、激甘料理になりそうな気がするぞ。だが、ちょっと気になる。あとで味見させてもらうことにしよう。

「私、炙ったチーズとキャベツの酢漬けロール。お漬け物乗せたクラッカー」

カーラの方はかまどの上に網を敷き、持ち込んだチーズを切り分けはじめている。

こっちは随分とさっぱりした物になりそうだ。三日間のキャンプ生活なので、初日はお任せでいいだろう。

俺はエールに合うピリ辛ソーセージを焼いて、乾燥キノコとベーコンのスープを作るかな。

ソロを想定したフル装備の探索は今回だけとなる予定だが、今後も下に潜れば、食事作りや火の番は交代で行う予定である。なので、二人とも慣れてもらわなければならない。

三人でワイワイ調理を終えると、それぞれの料理を持ち寄っての食事会を開始した。

「ファーマ、このドライフルーツと豚ハムのジャム煮、美味い。肉の臭み、ない。私、食べられる。

好きかも」

ファーマが作った摩訶不思議な料理を食べたカーラが、頬に手を当てて喜んでいた。

「カーラさん。ホント？　ホントにおいしい？　おかしくない？」

「おかしくない。おいしい。もう一切れ。止まらない」

カーラが皿からもうひと切れ取り、口へ運んでいた。

肉嫌いを公言していたカーラが、ファーマの料理を気に入っているようだ。

その様子を見ていたファーマがとても喜んでいた。食い物の趣味が合うのは、いいパーティーの条件だ。

これがてんでバラバラだった前のパーティーは、料理番の俺の手間が激増していたのだ。ムエルは酒に合う食い物しか食わないし、ミラは野菜を食わないし、ローマンは胃腸が弱いから温めた物しか食えなかった。

カーラがファーマの料理を気に入っているため、とりあえず一口食って、俺の舌にも合えば、パーティーのメニューに採用しよう。見た目はものすごく甘そうである。甘い物は嫌いではないが、甘すぎるのも考えものだからな。

「おお、そうなのか。俺もご相伴にあずかりたいぞ」

飴色に染まった一切れのハムを摘まむと、口に放り込む。

これは……。フルーツの香りとジャムの甘みの中に、ハムの塩辛さと何か違う味が紛(まぎ)れ込んでいる。だが、けしてマズくない。むしろ、噛(か)めば、噛(か)むほど味が増していく。

俺が食べるのを見ているファーマとカーラの顔に緊張が浮かんでいた。

「美味(うま)い。確かに美味(うま)い。だけど、変わった味がするね」

「味の秘訣(ひけつ)はコレなのー」

ファーマが瓶に詰められた黒い液体を俺に見せてくれた。断ってから、その黒いペースト状の物体の匂(にお)いと味を確かめさせてもらう。香りはまったく嗅(か)いだことのないものだ。けれど、塩辛いが後を引く。初めてだが癖(くせ)になりそうな味だ。

「ファーマ、これはいったい？」

「ファーマの種族に伝わる『豆醤(トウジャン)』なのー。豆を塩漬けして発酵(はっこう)させたものー。ファーマはコレが甘いものの次に大好きー。とっておきの調味料使ってみたー」

ファーマが黒い液体を入れた瓶の蓋を、大事そうに閉めた。彼女にとってとても大事な物なのだろう。

獣人族に伝わる調味料か……。それにしても美味(うま)い。後で作り方を教えてもらおう。これは色々と使えそうだ。

「地上に戻ったら、作り方を聞いていいか？　これはおいしい物がいっぱい作れる調味料だ」

「グレイズさんになら、お世話になっているから、秘密だけどいいよー」

ファーマが『豆醤（トウジャン）』の瓶を嬉しそうに俺に見せてくれる。

ひ、秘密だったのか。売り出そうとか思ったが、やめておいた方がいいな。パーティー内の食事のバラエティーアップに貢献してもらおう。

「助かるよ。『豆醤（トウジャン）』があればメニューが増える」

「グレイズ、私のも、遠慮するな」

カーラが、炙（あぶ）ったチーズを酢漬けのキャベツで包んだ物を、フォークで俺の口に押し込む。

まだあまり浸かっていないためシャキシャキしている酢キャベツの歯ごたえと、炙（あぶ）ったチーズによってまろやかになった酸味が混ざり、隠し味の少量のマスタードが唾液（だえき）の分泌（ぶんぴつ）を促す一品だ。

「美味（うま）い。これも美味（うま）いな」

押し込まれた酢キャベツのロールを食べている俺を見たファーマが、自分の口を開けていた。

「ファ、ファーマも食べてみたい。カーラさん、あーん」

「よろしい。私のとっておき、食べるがいい、おいしいはず」

口を開けて待っていたファーマに、カーラが新たな包みを押し込む。二口、三口と噛（か）み進める内に、ファーマの顔がほころんでいく。

「ほいひい。カーラふぁん、ほいひいよーー！」

「ファーマ、口に入れて喋る、ダメ。よく、噛む」

カーラがファーマの口元に付いたマスタードを布で拭き取りつつ、そう言った。

どうやら、こちらも全員が気に入ったらしい。このパーティー、食事の好みもわりと似通っているようで、実はいいパーティーだったりするかもしれない。

その後は、俺が作った乾燥キノコとベーコンのスープに、ファーマの『豆醤』のペーストを溶かしてみたら、大ヒットだった。劇的にスープの味が向上し、三人で貪るように飲み干してしまったのだ。

だって、美味すぎたんだ。しょうがないだろ。

こうして、俺たちは大いに満足して夕食を終えると、テントを設営することにした。

「ダンジョンでは、テントを張ると言っても、棒を立てて、幕布を垂らすだけの簡易なものだ。湿気によって発生した滴が岩肌から垂れ、顔に落ちて目覚めるのを避けるためだ。あと、虫除けくらいだな」

ファーマとカーラが、慣れないテント設営に四苦八苦しているのが眼に入る。幕布を垂らしたテントを張るのは、慣れればそんなに時間はかからない。場所によっては、それすら立てずに毛布にくるまるだけのこともある。幸い今回の小部屋は、適度な広さがあるので、各自でテントを立てているのだ。

設営するのも経験の内だからな。

しばらくの間、悪戦苦闘していたが、二人ともテントを張ることに成功し、背嚢(バッグ)から毛布を引っ張り出してくるまった。俺は火の番をしながら、毛布にくるまって座っている。

「グ、グレイズさん。ファーマ、怖くて寝られない。隣で寝ていい？」

初めてダンジョンで泊まるファーマが、幕布で仕切ったテントから毛布を持って這(は)い出てきた。

俺も初めてダンジョンで一夜を過ごした日は、なんだかんだで寝られなかった覚えがある。

「私も心配で寝られない、グレイズの隣で、寝る。安心」

カーラも寝られなかったようで、テントから這(は)い出し、俺の隣に座って毛布を被っていた。

小部屋は鍵を掛けたから、魔物の危険はない。男の近くで一夜を過ごすのが癖(くせ)になれば、俺以外のパーティーに移籍したときに男女のトラブルに巻き込まれかねないんだがな。

パーティーが仲間を入れ替える原因の多くは、男女の関係がこじれて協力関係が維持できなくなるからだと聞いたことがある。

そういった点を考えてみると、俺の近くで寝るのはおすすめできないが、初めてダンジョンで寝るときの怖さは俺も感じたことがあるので、今日だけ特別に許可することにした。

「仕方ないな。二人とも今日だけは、あまり近くでなければいいぞ」

「ファーマはココで寝る」

毛布を持ったファーマが、火の番をしている俺の隣に座って毛布にくるまると、身体を預けるようにもたれてきた。

こ、これ。ファーマ、身体が近いぞ、近い。もたれかかるのはマズいぞ。

「ファーマがそっちなら、私、こっち」

反対側に座っていたカーラも、俺の身体にもたれてきていた。

カーラ、君も大概身体の位置が近いのだが……

「あ、ちょ、ちょっと待て。二人とも」

二人はいそいそと自分の寝床を確保すると、もたれかかる位置を調整してから、身体を傾けリラックスしてしまった。

二人の体温が、息が、俺に当たるんだが……

もたれかかる二人の重さは、呪われた力のおかげで全く感じない。むしろ、体温や息遣いが、俺に今までにない安心感を与えてくれた。誰かと肩を寄せ合って寝るという初めての経験に、胸が少しだけ高鳴っていた。

「ファーマ、グレイズさんとパーティーが組めてよかった。頭悪いし、みんなから嫌われているから、とっても怖かったし寂(さび)しかった。でも、グレイズさんは、ファーマを『すごい』って褒めてくれるのー。それがとっても嬉しいんだー。えへへ」

ファーマが囁くように言った。

ファーマが悪いわけじゃない。これまで彼女に関わってきた者が、彼女の素晴らしさを理解しようとしなかっただけだと思う。

人よりちょっとだけ物事を理解するのに癖があるだけで、ファーマは別に頭が悪いわけじゃない。

本当に頭が悪いんであれば、自分が悪いなんて考えることもしないしな。

「それ、私も同じ。グレイズ、私、馬鹿にしない。指示も的確。有能な匂いする。いい男。それに色んなこと知っている、博識」

カーラも、ファーマと同じように俺にもたれ囁いた。

彼女もまた、仲間から自分のことを理解してもらえず、孤立していたみたいだ。元々の性格もあるが、言葉の不自由さが原因だろうか。理解力も高く、創意工夫もでき、きちんと指示の意図を伝えれば、彼女もまた素晴らしい冒険者になれる。

二人から感謝の言葉を聞かされ、顔が火照るのを感じる。

「そ、そうなのか……。そう言ってもらえると、助かる。俺もパーティーを追放された身だからな。どこか、二人に変に思われていないかと心配していたんだ」

俺は人が信じられず、自分の力を隠していたことで、パーティー仲間との仲がこじれ、追放処分を受ける形で、前のパーティーを離れていた。けれど、ファーマとカーラの素直な言葉に触れたことで、少しだけ人を信じてもいいのかもしれない、と心が動くのを感じていた。

この二人なら信じてもいいかもしれんな……。まだ、二人には隠していることがあるが、それもまたパーティーを続けていく内に話す機会も出てくるだろう。そのとき、彼女たちが拒絶を示せば、潔く俺はパーティーを離れるつもりだ。だから、そうなった際、二人が困らないように、一人前の冒険者に鍛え上げておくつもりだ。

「グレイズさん……ファーマ、頑張る。頑張るよ。すぅ、すぅ」

「グレイズ、私、離れない……すぅ、すぅ」

火の番で座っている俺にもたれかかりながら、二人は静かに寝息を立てはじめた。

『あら、グレイズ殿、両手に花とは羨ましいことで』

誰もいないと思って揺れる火と二人の体温を感じていたら、声の主がフッと気配を現した。完全に油断していたところに声をかけられ、思わずビクリと身体が震えた。

お前は、まさにハーレムという状態とか言いたいんだろうが、この状態は行動不能とも言い換えられるんだ。

『でも、コッソリ、幸せだなとか思っていたと思ったんですけどね』

まあ、否定はしない。俺も男だしな。でもな、美女二人を侍らせてダンジョンで三泊したら、商店街の連中がまた冷やかしのネタに使うんだろうなぁって思う。

『美女二人に手は出さないんですか？』

え？　犯罪だ。犯罪。衛兵が飛んできて、手枷を付けられちまう。若い男じゃあるまいし。おっさんは我慢ができる……はずだ。きっと、多分。俺は健全だぞ。健全。

『えー本当ですかー。男は狼って上司が言っていましたけどー』

うっさい。俺は紳士を自任しているのさ。寝込みなんて襲わないぞ。

『えー、そうなんですかー。確かにグレイズ殿は女性に優しいですもんね。その言葉信用しますね』

おう、任せておけ。お前の信用を裏切ることはしないさ。

そんなこんなで声の主の気配は去った。その後、各自がフル装備で挑んだダンジョン探索は、三日間、無事何事もなく完了した。ただ、二日目に寝ぼけた二人によって貞操の危機を感じたが、無事俺の貞操を守ることができたことだけは報告しておく。

色々とギリギリなこともあったが、三日間の探索でスライム四〇体を討伐し、スライム核三五、ブルー細胞五個を入手。それらを冒険者ギルドに売却して、三五五〇ウェルを稼いだ。

二人とも三日間、フル装備でのダンジョン探索をこなしたことで、野営や調理、冒険者としての探索の仕方の経験を積み、自信を得た様子であった。

だが、俺たちが冒険者ギルドで換金している間も、背後の休憩スペースからは、俺たちを見てひそかに笑っている冒険者たちが多数いた。フル装備で三日も第一階層に籠ったことが、彼らには嘲笑に値するのだろう。

ふむ、わりと冒険者の基本だと思うんだがな……。最近の若いやつらは先に進むことばかり考えてるが、野営とかキチンとやれているんだろうか……

笑っている若手冒険者たちを尻目に、俺たちは冒険の成功を祝う夕食会を、俺のお気に入りの酒場ですることにした。

三日連続で探索を行ったので、明日は休みにあてるつもりだ。今回の報酬は二等分して身の回りの物を揃えるためのお小遣いとして渡し、二人には明日は自由に過ごしてもらうつもりだ。

第三章　新たな仲間

「まあ、移籍してまだ一ヶ月ちょっとだし、色々と慣れるまで、大変だと思う」

オレ(ムエル)は、あまりパーティーの戦力アップに貢献できずにいるアウリースを、他の仲間に内緒で、行きつけにしている歓楽街の酒場に呼び出していた。この店は、オレがミラの眼を盗んで商売女たちと飲むための秘密の店で、ミラにバレないように店の店員たちには口止めしてある。

そんな酒場に、『パーティーの今後について』と『アウリースのパーティーにおける役割』について話し合おうという口実で、アウリースを誘い出していた。

自分でも馴染(なじ)めていないと察していたアウリースは、オレの呼び出しに二つ返事で応じて、この酒場にまでホイホイ付いてきている。

「すみません。前のパーティーの借金問題を解決してもらった恩人であるムエルさんの顔を潰(つぶ)すようなことになってしまって」

若手冒険者の成長株と言われているアウリースが所属していたパーティーは、成長著(いちじる)しい彼女の発揮する高火力の魔法攻撃によって次々に魔物を狩り、一気に階層を突破して、急激にパーティーランクが上がっていた。

けれど、同時に多額の金を手に入れたために、パーティーの私生活が乱れていた。リーダーが馬鹿な投資話に引っかかり多額の借金をこさえ、パーティー資金までも使い込み、装備代や遠征費、果ては生活費まで困窮するようになっていたのだ。

そういった噂が情報通のミラを介して、オレの耳に入り、借金に苦しむリーダーに移籍金一〇〇〇万ウェルを積み、パーティーの主力であるアウリースの身売りを打診したのだ。

お荷物の『商人』グレイズを入れていても、年間一億ウェル以上を稼ぎ出していたオレのパーティーにとっても、アウリースの一〇〇〇万ウェルの移籍金は大きな投資である。それなのに、その投資に見合った成果が今のところ出てないのだ。

アウリースが入って到達できたのは、中層階のラストボスであるゴブリンキングがいる場所の前、という不甲斐ない結果だった。

「あまり気にするな。前のパーティーとは勝手も違うだろうし、狙う魔物も違う。でも、大丈夫だ。うちはあのお荷物である『商人』グレイズがいながら、深層階第三一階層まで到達したSランクパーティーだからな。アウリースの分のフォローくらいはなんとかなるさ」

落ち込んでいる様子を見せたアウリースの手にそっと、オレの手を重ねる。アウリースはそれを嫌がる素振りは見せなかった。

これは脈があるのかもしれないぞ。

「す、すみません。この前の探索でも私が足を引っ張ったようですし……」

重ねた手を絡ませていく。ここまでしてもアウリースは嫌がらないので、オレに対して好意を持っていると確信した。

「いいってことさ。そういうときもある。それよりも、奢りだから飲め」

「は、はい。ありがとうございます」

パーティーで貢献できてないと感じているアウリースは、このところ考え込んでいることも多い。つまり、弱っている女だ。そんな女に優しい言葉を掛けて酒を勧めてやる。しかも、こちらに好意を持っているとすれば、落とすのは簡単だろう。

オレはカウンターにいるバーテンダーに目配せする。甘くて飲みやすいがアルコール度数の高い酒を出せという合図だ。意図を察したバーテンダーがアウリースに強い酒を出した。

それにしてもアウリースはいい女だ。男の眼を惹きつける目鼻立ちの整った顔、誘惑するようにメリハリのある身体、そして魅惑の褐色肌。すべてが男を魅了するためにあると思えるほど、女としての魅力に溢れている。是非ともベッドをともにしたい女だな。

それに引き換え、昔から付き合ってきたミラは痩せっぽちで口うるさく暴力的で、あっちのときもガサツで興ざめする。アウリースがある程度オレになじんだら、次はあいつを追い出したい。いい男の隣にはいい女が侍ってないとカッコ悪いからな。

金も地位もあるオレであるが、傍には嫉妬深いミラがいて、自由に女と遊べないことに辟易している。パーティーの仲間として長く一緒に潜ってきたが、代わりが見つかるようなら、グレイズと同じように縁を切りたい女であった。

そのためには、まずは代わりの女となるアウリースをベッドに引っ張り込まないと。

一度関係を持てば、あとはなし崩しでオレの言う通りにさせればいい。こっちは大金払って拾ってやったんだからな。グチグチ言うなら、移籍金の全額がアウリースの個人の借金になっている契約書を見せて、言うことを聞かせるだけだが。

バーテンダーが置いた酒を、アウリースの手に収めさせた。

「アウリース。さあ、グイっと飲め、飲め」

一瞬、アウリースがオレを見るが、勧められた酒を断るのは失礼になると考えたようで、戸惑いながらも手にしている。

「あ、はい。ありがとうございます。でも、私どうすれば皆さんのようなすごい冒険者になれますかね。荷物持ちパーティーを雇わずに潜るのは、前のパーティーじゃ一回もしたことなくって……。色々と考え、物資を消耗しないですむように、省力化してダンジョンの探索に当たっているんですが……。どうもうまくいかなくて」

酒を手にしたアウリースがグラスに視線を落としながら、自分の不甲斐(ふがい)なさを吐露(とろ)した。

アウリースがいまいち活躍できないのは、火力の出し惜(お)しみをしているからだった。ダンジョンでは、常に全力で挑まないと生き残れない。温存なんかしていたら深層階には潜れない世界だ。

愚痴(ぐち)にも似たアウリースの告白に、オレはこのパーティーでの立ち回りをアドバイスしてやる気になった。

なにせ、オレはSランクパーティー『白狼(ホワイトウルフ)』のリーダーで、ブラックミルズトップクラスのSランク冒険者様だからな。そのオレのありがたい指導を受ければ、今までよりももっと活躍できるようになるはずだった。

「省力化なんて出し惜(お)しみせずに、常に全力だ。低層階は全力を出す必要はないが、中層階からは常に全力で一気に魔物を倒す。先制し、火力で圧倒するのが、オレたちのスタイルだ。アウリースもそうしろ」

「え!?　中層階で全力を出してしまうんですか!?　ですが、それだとポーションとかもたないですよね?」

アウリースはオレたちのスタイルを聞いて驚いていたが、コレが、荷物持ちがいなくなったことで物資を大量に持てないオレたちが深層階に達するための唯一の方法だった。

他のパーティーみたいに荷物持ちパーティーを雇ってもいいが、それだと行動スピードが落ち、結果として成果が少なくなってしまう。今までみたいに稼ぐには、先ほどの方法を実施するのが最善なのだ。

「尽きる前に深層階まで駆け抜けるんだ。最短で依頼(クエスト)こなして離脱する。それが最善手だ」

「は、はぁ。そ、そうなんですね」

あのリーダー気取りで、うっとうしいおっさんのグレイズの首を切って、火力を出せるアウリースを加入させたのは、短期決戦火力重視のパーティーにして、手早く深層階の依頼(クエスト)を達成するためでもある。

「ああ、そうだ。だから、アウリースも出し惜(お)しみするなよ」

「は、はい」

その後、二人で酒を酌(く)み交わし、アウリースを泥酔させると、『危ないから休憩(きゅうけい)をしていけ』という理由をつけ、ミラの眼を盗み商売女たちと楽しむために個人的に買った一軒家へ連れ込んだ。

いまだ泥酔しているアウリースをベッドへと投げ出す。どうやら、アウリースは酒に弱かったようで、ベッドに投げ出されてもぼんやりしたままだった。

「はぅ。ムエルさん？　ここ、どこれすか？　ベッド？」

　ベッドから立ち上がろうとするアウリースの、こぼれ落ちそうなほど服を押し上げている胸が揺れるのを見て、ゴクリとオレの喉が鳴った。

「どこですか？　ああ、オレの家だ。お前も子供じゃないんだから、ベッドで男と女がすることくらい分かっているだろ？　ほら、準備しろよ。楽しませてやるからさ」

「え？　え？　なにを？」

「オレを楽しませろってことだよ！　高い移籍料払ったんだから、探索で役に立てないなら、こっちで役に立てって」

　オレは酔って抵抗できないアウリースをベッドに押さえつけると、着ていた服を脱がしはじめる。

「いや、いやです。私、そんなことをするために移籍したわけじゃ。いやぁ、やめて、やめてください」

「うるさい女だ。少しはオレの役に立てよ」

　意識が戻ってきたのか暴れ出したので頬を張る。暴力を受けたアウリースは、身を固くして動かなくなった。

「あうぅ」

　これで少しは大人しくなるだろう。さて、楽しませてもらうか。

　押さえつけたアウリースの抵抗が弱まる。どうやら、観念したようだ。抵抗がなくなり残りの服を脱がそうとすると、玄関からノックの音が聞こえた。

「ちっ、誰だ、この時間に来るのは！　アウリース、ちょっと出てくるから、ここで待っとけ。逃げ出したら冒険者を続けられると思うなよ」

「ううぅ」

ベッドに横たわり涙を流しているアウリースが動く気配を見せなかったので、ドアを閉め、来客に対応するために玄関に行った。

「誰だ？」

激しくノックをする来訪者に辟易（へきえき）しつつ、玄関を開ける。そこにいたのは、憤怒の表情を張りつけたミラであった。

「なっ⁉　ミラ！　お前、なんでここがっ！」

「ちょっと、ムエル！　あのクソ女いるんでしょ！　どこにいるのよっ！　出てきなさいよ！　泥棒猫！」

激高した様子のミラが、ヒステリックに騒ぎながらドカドカと家に上がり込んでくる。

「ちょ、ちょっとミラ。オレの話を聞け」

オレの制止も聞かずに、ズカズカと家の中を歩き回るミラを見て、今後起きる修羅場を想像し、ビクビクしていた。そして、アウリースがいる二階の部屋のドアを、ミラが開けた。

「やっぱりっ！　ムエルっ！　なんでこの女がここにいるのよっ！　説明して！」

「なんでって、それは……」

アウリースの姿を見つけたミラの剣幕がやばい。これは、オレが連れ込んだなんて言ったら、半殺しにされるくらいじゃ済まないと感じた。

思わず、アウリースとミラの顔を見る。すぐにオレは自分の保身を図った。

すまん、オレはまだ死にたくない。運がなかったと思え、アウリース。

「い、いや、酒場で飲んでいたら、オレの家に来たいってアウリースのやつが誘ってくるから、しょうがなく連れてきてやったんだ。そうしたら、いきなりオレに色仕掛けして、『あのミラって女を追放してよ』って迫ったんだ。オレが断ると、自分で服を脱いでさらに迫ってきてよ。正気に戻そうと頰(ほお)を張ったところだ！」

アウリースの顔が驚きに溢(あふ)れていた。実際のところはオレの嘘だが、事実はこの際、どうでもいい。こっちの命が最優先だ。

「やっぱり、このクソ女。ムエルを狙ってやがった！」

キレているミラが、アウリースの髪をひっぱり、ベッドから立たせる。

「ち、違います。私はムエルさんに――」

髪を引っ張られ立たされたアウリースが、弁明しようと必死に口を開くが、怒り狂ったミラには

声が届いていないようであった。

「うるさいっ！　このブスがっ！　ちょっと、胸が大きいからって、あたしのムエルに色仕掛けなんて百年早いんだよっ！」

怒り狂ったミラが愛用のナイフを取り出し、アウリースの服を切り裂いていく。すぐに衣服はバラバラにされ、下着姿にされてしまった。

「きゃあ!!」

「人の男を寝取ろうとする泥棒猫は、下着で街を歩けばいいさっ！　出ていけ！　二度とうちの『白狼（ホワイトウルフ）』に顔を見せるなっ！　分かったか！　このブスがっ！」

ミラが、思いっきりアウリースの頬（ほお）を平手で打ちのめしていく。手加減なし一〇〇パーセント全力の平手打ちだ。見る間にアウリースの顔が腫（は）れ上がっていった。

「私、わたし、ひゃない……ううう」

腫（は）れた顔になったアウリースは自分の無実を訴え続けたが、ミラはお構いなしに平手を張る。

やがて、ミラが疲れ切って平手を止めたときには、アウリースの顔は元の顔が判別できないほど醜く腫（は）れ上がっていた。その顔を見ると、急速にアウリースへの興味が失せていった。

「はあはあ、迷惑料としてあんたの全財産と装備はもらっておくわ。それと、パーティーからは追放よ。他のパーティーにもいられなくしてやる。そのまま、冒険者を廃業しちまえっ！」

「ちょ、ミラ。それは、やりすぎ――」

「はぁ？　ムエルはコイツ庇うの？」

突き刺さるようなミラの視線がオレに向いた。一〇〇〇万ウェルの移籍金をかけたアウリースの身体と、自分の命を天秤にかける。選択はもちろん、自分の命だ。

「か、庇うわけねえだろ！　オレはミラ一筋だからな。アウリース、パーティー内の風紀を乱したとして、リーダーのオレから申し渡す。お前をパーティーから追放する！　全財産と装備を置いて消え失せろ。それと、この件は冒険者ギルドにも報告させてもらうからなっ！」

「え？」

元の顔が分からないほど腫れ上がり、ミラによって髪を掴まれ、やっとのことで立たされていたアウリースの眼から涙が溢れていた。

恨むなよ。ミラがキレた今、オレは力になれん。運がなかったと諦めてくれ。

「そういうわけよ。このブス女。さっさと家から出てけ！」

「そんあの、そんあのない。むえるふぁん、むえるふぁんーー!!」

「うるさいっ！　その不細工な顔でムエルの名を呼ぶなっ！　失せろ！　ブス！」

ミラがアウリースの髪を引っ張り、引きずるように家の外に叩き出した。

こうして、一〇〇〇万ウェルを投資して獲得したアウリースは、オレのものにはならず、ミラの怒りを買ってパーティーを追放される羽目になった。もったいないとは思ったが、自分の命には代えられない。

しかも翌日には、ミラが築いた冒険者ネットワークを使い、アウリースの悪口を流し、他のパーティーに採用されないように評判を落とした。

オレに群がる女には蛇のように執念深いミラは、それでも飽き足らず、その日のうちに、冒険者ギルドの幹部にも働きかけ、アウリースの冒険者ランクをAからFまで落とさせてもいる。資格剥奪はあるが、AランクからFランクへの降格など、前代未聞の措置であった。

そして、オレは怒り狂ったミラをなだめるため、その夜からしばらくの間、激しく夜の相手をさせられることになっちまった。本当についてねぇ。

■

さてと、無事見事にダンジョンから帰還した俺たち三人は、俺が行きつけにしている酒場でキャンプ訓練の成功を祝った夕食を楽しみ、家を目指して歩いていた。街の郊外にある我が家への道は暗い。手に持つランタンの明かりがなければ、足元も危うかった。

ブラックミルズの街の中心部は、冒険者のために作られた宿屋兼酒場と娯楽を提供する店が軒を連ねる歓楽街と、様々な商品を売る店が集まる商店街があり、夜でも煌々と火を焚き、明るさには困らない。

だが、繁華街であるその中心部から一歩外に出れば、漆黒の闇が一大勢力を築く世界が広がっている。ちなみに、どれだけ暗いかというと、ランタンの明かりを消すと、隣にいるファーマやカーラの顔すら識別できないほどだ。

そんな暗闇の中を三人で、今日食べた酒場の食事を批評し合いながら歩いていた。すると、前方の闇の中で微かに人の気配がした。ファーマも、俺と同じく人の気配を感じたらしい。

「グレイズさん……。誰かいるよ」

暗い夜道に人の気配。このシチュエーションで考えられる可能性を述べよと聞かれると、盗賊か暗殺者って答えが有望だが、ここは街外れだから山賊という選択肢もありえた。

ブラックミルズの治安は決してよくはない。荒くれ者の冒険者が多い街であるし、近年では犯罪者まがいの人間も冒険者として街に流入しているので、昔に比べると夜道の危険度は高いのだ。

そんな輩に、大事な仲間であるファーマとカーラが危害を加えられては困る。今は誰も探索用の装備を着けていないので、生身で一番硬い俺が二人を制するように前に出た。

「二人はここで待っていろ。俺が見てくる」

「一緒に行く、その方が安全。私たち仲間。魔法援護する」

カーラは背嚢(バッグ)から杖を取ると一緒に行こうとする。

「そうだよ。グレイズさん、仲間だから一緒に行く」

ファーマもまた周囲の気配を気にしつつ、そう言った。

『仲間』か。前の『仲間』たちはこんなこと一度も言ってくれなかったな。

二人がついてくる気配を見せたので、万が一にも敵の先制攻撃を許さないように、地面の小石を拾った。ランタンの光を頼りに気配のする方へ歩いていく。

気配の主もこちらに気付いたようだが、動く様子を見せず、こちらの様子を窺(うかが)っているみたいだった。俺たちはゆっくり歩み寄ると、逃げ出そうとしない気配の主をランタンの明かりで照らした。

女⁉ しかも、なんで下着姿？

ランタンが照らし出した相手は、褐色肌の女性の下半身だった。しかも、艶(なま)めかしい下着姿である。

「グレイズさん、女の人？」

「しかも、下着。こんな、夜更け。怪しい」

二人もランタンが照らし出した女性の下半身を見て警戒していた。

「ううう、見ないで、見ないでくだひゃい。お願いします、お願いです」

下着姿で道の脇の草むらに横たわる女性の声に聞き覚えがあった。

確かこの声は、ムエルのパーティーに俺の代わりに加入したアウリースのものであったはずだ。

ただ、やたらとくぐもった声をしている。

不審に思いつつも、記憶にある声の持ち主と思われる人物の名を呼ぶ。

「ア、アウリースか？」

「その声？　まさか、グレイズさんですか？」

声はやはりアウリースだった。ランタンの明かりを顔の方へ向ける。光に照らし出されたアウリースの顔は、以前会ったときに見た整った闊達（かったつ）そうな美人顔ではなく、青黒く変色し、元の顔が分からないほど腫（は）れ上がっていた。

「ア、アウリース!?　どうしたんだ、その顔は……。それにその姿……」

「な、なんでもないんでふ。ちょっと、転んじゃって……。見ないでください。見ないで。なんでもありませんから」

必死に言い訳するが、普通転んだくらいじゃ、顔が分からなくなるほど腫（は）れ上がることはないし、服がなくなるなんてこともない。絶対に何か起こったに違いないのだ。脳裏に最悪の事態が浮かぶ。

まさか、誰かに襲われたのか……

そんな俺の想像を察したのか、カーラが自分のマントを下着姿のアウリースの身体に被せた。

「グレイズ、大丈夫。そっち、された形跡ない。けど、顔の傷酷い。回復する」

「あ、ああ。そうか。そうだな。回復魔法を頼む」

「カーラさん、早く魔法かけてあげてー」

ファーマも心配そうにアウリースの様子を見ていた。

「ううう ぅ、ごめんなさい。ごめんなさいね」

カーラの回復魔法によって、自然治癒力が促進されたアウリースの顔の腫(は)れが引いていく。だが、アザが治るまでにはもう少し時間がかかるようだ。

「アウリース、とりあえず、そんな姿でこんな場所にいたら危ないから、うちに来い」

「アウリース、グレイズの家、私もファーマもいる。グレイズ、生真面目(きまじめ)だから、大丈夫」

カーラが言った通り、俺の家であれば、こんな場所でジッとしているよりも安全であるし、世話は同性の二人にしてもらえば大丈夫だと思われた。

俺自身、そう生真面目(きまじめ)でもないが、紳士(しんし)であることは自任しているぞ。女性がそう評価してくれているかは、知らないけどな。

「アウリースさん、危ないからグレイズさんのお家に行こう。服もファーマの貸してあげるし。ね。ね」

ファーマが下着姿だったアウリースを心配して、俺の家に来るように説得をしていた。

ファーマ、服はきっとサイズが合わないと思うぞ。けど最悪、俺の服もあるんで、男物でよければ、下着姿は回避できるはずだ。

「ごめんなさい、ごめんなさい。それでは、みなさんにご迷惑をかけてしまいますし、私はこのまま戻りますから……。カーラさんマントありがとうね」

腫れていた顔の傷が癒えたことで、多少元気を取り戻したアウリースが、歩いて街の方へ向かう。

今は彼女の安全確保が第一だ。夜更けに下着姿の怪我をした女性を見送った後で、何か事件や事故に巻き込まれてしまったら、悔やんでも悔やみきれない。

「靴すら履いていない素足では、無理だ。ファーマ、カーラ、彼女を我が家に強制ご招待するぞ。明日の朝には街に送り届けてやるから安心しろ。世話も二人にしてもらうから大丈夫だ」

「はーい」

「承知」

「え？　え？」

マント姿のアウリースを俺がお姫様抱っこすると、我が家への帰還のスピードを速めることにした。

『わふぅ。ふぁああ起きた。おや、お客人ですか？　一人女性が増えているようですが』

ん？　ああ、アウリースのことか。実はな、キャンプ訓練の打ち上げ食事会の帰り道で、下着姿の女性を拾った。もとい、拾ったというのは、言い方が悪いな。『救助した』が、しっくりくるはずだ。郊外に続く街道脇で、靴すら履かず下着姿。しかも顔までボコボコに腫らした女性がいたら、普通助けるだろ。

『まあ、普通の人なら助けますね』

そうだろ。で、問題の助けた女性だが、アウリースという名で、俺の代わりに『白狼』に入った女冒険者だったのだ。

ちなみに、アウリースは一五歳で冒険者登録し、三年でAランクまで上がった成長株の若手冒険者だぞ。

商店街のおばちゃんネットワークから得ていた情報では、歳は一八歳、体重四九デフィール、身長一六〇ミレル、スリーサイズはB：91、W：57、H：88のGカップ。

『なんで、グレイズ殿がそんな情報持っているんですか！　しかもスリーサイズまで』

え？　なんでスリーサイズまでって？　下着屋のおばちゃんが、パーティーから追放された俺のことを不憫がって、聞いてもいない個人情報をコッソリ提供してくれたからなんだ。

本当に商店街の連中は、何を考えているのか。スリーサイズとかの情報で何をせいと……。まあ、そんな話は置いておくが、引継ぎの際に顔を合わせていた女性だ。

艶(つや)のある褐色の肌と、銀色のポニーテールに紅い眼をした魔人族の女性だぞ。魔人族は成長すると、身体のどこかに魔紋が浮かび上がってくる種族で、魔力の自然回復速度に優(すぐ)れているのだ。魔力が回復しやすいんで、冒険者になるときは、九割方『魔術士』のジョブを得るという。

『へええ、そういった種族の方は初めて見ました。それにしても綺麗(きれい)な人ですね。泣いていますけど。グレイズ殿が慰めてあげてくださいね』

俺は男だから、慰めるのはファーマとカーラの仕事。ちょ、お前聞いているのか。

言いたいことだけを言うと、フッと声の主の気配が消えた。

まったく、あいつは自由に過ごしていて羨(うらや)ましい限りだな。おかげで前より日々が楽しく感じられているが。

自宅のダイニングでは、魔人族のアウリースが声を出して泣いていた。そう、人目もはばからずにだ。家の中であったのが幸いと思えるほどの大号泣だった。

「あうううぅ、怖かった。怖かったよぉおお。うぅうう、ホントに、ホントに怖かったぁあ」

カーラとファーマにしがみつき、身体を震わすようにアウリースが泣いている。あの暗闇の中で、下着姿で倒れていた恐怖を思い出していたのだろう。

「アウリースさん、もう大丈夫だよ。大丈夫。悪い人はファーマがやっつけてあげるのー！」

ファーマが、しがみついているアウリースの頭を優しく撫(な)でている。

「アウリース、もう安心していい。グレイズいる。私たちもいる。安心安全」

カーラも下着姿だったアウリースのことを心配していたようで、頭を一緒に撫でていた。

そのまましばらく三人で抱き合っていると、じきにアウリースは落ち着いたようで泣きやんだ。

「温まるから、これでも飲め」

アウリースに温かい紅茶を差し出す。服はやはりカーラやファーマのではキツイとのことで、俺のシャツとズボンを着てもらっていた。

「あ、ありがとうございます。みなさんには、とてもご迷惑を……」

「いいってことさ。それよりも、何か事件に巻き込まれたのか？　事件性があるなら、衛兵に連絡しないとマズいが……」

紅茶を飲んでいたアウリースが、事件性と聞き、ビクリと肩を震わせる。

その様子から察するに、やはり何かあるようだ。夜に顔をボコボコに腫らして下着姿で街道沿いに隠れているなんて、何もなかったわけがない。

「だ、大丈夫です。私の、私の問題ですから。グレイズさんたちを巻き込むわけには……。大丈夫です。明日、自分で冒険者ギルドに連絡します」

アウリースは明らかに何かを隠していて、必死に『大丈夫です』とくり返していた。無理にでも聞き出そうかとも思ったが、見つけたときの様子を思い出すと、無理矢理聞き出すのは憚られてしまう。

「そうか……。困ったことがあれば、なんでも言ってくれ。今日は空いている部屋のベッドを使ってくれればいい。明日は街まで付き添ってやるからな」

俺の一軒家は、ファーマとカーラが個室を使っているが、ブラックミルズ郊外のわりと大きめな家なので、部屋はまだ十分あった。

「そ、そんな。これ以上、お世話になるわけには。貸していただいた服はキチンと洗って返しますので、私は街に帰らせてもらいます」

アウリースは遠慮しているが、真夜中にあの暗い街道を帰らせるつもりはなかった。

「アウリース、遠慮するな。グレイズ、いい人。遠慮は無用」

「そうですよー。グレイズさんはいい人」

ファーマとカーラもアウリースを街に返すのは危険と感じているようだ。

「ううぅ、ありがとうございます。ごめんなさい。ご迷惑ばかりおかけして。ごめんなさい」

アウリースがまた眼に涙を溜めていた。謝る必要はないのだが、アウリースは終始謝罪を口にしている。

どうも、俺は女性の涙には耐性が低いようだ。見ているだけで、ソワソワしてしまう。落ち着かないから、あとは二人に任せて俺は部屋に撤退しよう。

「俺は先に寝る。ファーマ、カーラ、部屋は自由に使っていいから、あとは頼む」

「はーい」

「承知した」

アウリースを二人に任せ、自分の部屋に入ると、ベッドに横になり眠ることにした。


翌朝、みんなでアウリースと一緒に冒険者ギルドに出向いた。ギルドに入るなり、冒険者たちがヒソヒソ声でアウリースを指差している。皆がアウリースに嫌悪感を抱いているようだ。

なんだ、空気悪いな、コレ。

先頭を歩いていた俺の袖をファーマが引っ張ってきた。

「なんだいファーマ？」

「グレイズさん、あれ、なんて書いてあるの？」

ファーマが指差す先は、冒険者の賞罰を掲載する掲示板だ。そこに一枚の紙片が貼り出してある。

『冒険者アウリース、パーティー内の窃盗(せっとう)行為及び、その他違法行為多数により、Aランクを剥奪(はくだつ)し、Fランクとする』と書かれていた。

ちょっと待て、意味が分からん。犯罪行為で冒険者資格を剥奪(はくだつ)されることはあるが、降格なんて初めて見る処罰だぞ。それに、アウリースが窃盗(せっとう)や違法行為？　何かの間違いだろう。

掲示板を見たアウリースが崩れ落ちるように地面に座り込んだ。そして、髪を振り乱して叫びはじめる。

「違う！　違う！　違うわ！　こんなの違う！　全部嘘よっ！　私は何もしていないっ‼」

「あっ！　グレイズさん、それにアウリースさん！」

俺たちとアウリースの姿を見つけたアルマが、カウンターから慌てて出てきた。

一体全体、どうなっているのか、意味が分からない。前代未聞の処分が下った経緯を尋ねないと。犯罪を起こした冒険者のランクが剥奪されることはたまにあるが、降格処分でFランクにするなど、見せしめでしかない。

「どうなっているんだ？　アルマ？　アウリースの処分は前代未聞だろ」

俺は、思わず近寄ってきたアルマに詰問した。

「グレイズさん、声が大きいです。事情は個室で。アウリースさんも、グレイズさんたちと一緒にこちらへ」

俺たちはアルマの先導に従い、冒険者ギルドに併設されている個室スペースに入っていった。

個室に入り、アウリースに下された冒険者ギルドの異例の裁定について、最初ははぐらかしていたアルマを問い詰めると、裏で動いたのは、『白狼』のミラのやつらしい。

あいつが、アウリースのことであることないことでっち上げ、それをリーダーのムエルも追認しているとのことだ。

ブラックミルズの冒険者ギルド内で確固たる影響力を持つSランクパーティーのリーダーからの追認もあるため、今回のような異例の裁定がまかり通ったようだ。

俺がなんで激怒しているかと言えば、放心していたアウリースから、何があったのか本当のことも聞き出していたからだ。

アウリースの話によれば、ムエルに呼び出されて、酒場で飲み、泥酔して、あいつの家に連れ込まれ乱暴されそうになったそうだ。

アウリースに油断があった、とはいえない。なにせパーティーを組む『仲間』だ。コミュニケーションを円滑にするため、酒くらいは一緒に飲む。

俺もファーマとカーラを食事に誘ったからな。それに、ムエルには前から女癖が悪いのを直せと事あるごとに忠告していたが、アウリースの加入もそっちの悪い癖が影響したのかもしれない。

話はそれで終わらず、その現場をミラに見られて、彼女に顔がボコボコに腫れるまで引っ叩かれ、下着姿で放り出されたとのことだ。

ミラのやつ、ムエルにぞっこんとはいえ、やりすぎだろ……。それにしても、ムエルの馬鹿は何やってんだ。パーティーの中でイザコザを起こすとは。

正直、前のパーティーのやつらを悪く言いたくないが、今回の件は人として最低の行為だ。さすがに俺も、アウリースの話を聞いて腸（はらわた）が煮（に）えくり返っている。

被害者であるはずのアウリースを貶（おとし）め、悪者に仕立て、見せしめのように晒（さら）し者にしている。

俺はこういった意地悪い行為が大っ嫌いだ。本当はとっても紳士（しんし）な俺だが、今回の件は我慢の限度を超えたぜ。あいつら、俺を追放したまではいい。もっと深い階層に潜りたいって理由があるからな。だが、今回のアウリースの件は、なんら前向きな理由がねぇ。

「アウリースッ！　ムエルたちのところに行くぞっ！　こんなのが認められていいわけがねぇ！」

怒りが沸点（ふってん）に達した俺は、冒険者ギルドの個室で泣き崩れているアウリースの手を取ると、あいつらがいると思われる場所に向かって駆け出していた。


ムエルたちはダンジョンに潜らないとき、ほとんどの場合はパーティーメンバー用に買った街中（まちなか）の一軒家でゴロゴロしている。その一軒家に、俺とアウリースは来ていた。

「よ、よう、グレイズ。どうしたんだ？　アウリースも一緒にいるとは、どういうこった？」

勝手知ったる『白狼（ホワイトウルフ）』の拠点だ。俺はドアを開けると、ムエルたちがたむろっているであろう部屋に乗り込んでいた。俺とアウリースの姿を見たムエルの眼が泳ぐ。こいつが、隠したいことがあるときにやる癖（くせ）だ。

「グレイズ、なんでそのクソ女と一緒にいるのさ！」

騒ぎを聞きつけたミラが、つっけんどんなセリフとともに、部屋の奥から出てきた。

「お前ら、アウリースから話は聞いたぞ。人として最低な行為だ。今回の件に関して俺は我慢できねぇ」

「グレイズさん。私は、私は大丈夫ですから……。もう、冒険者を辞めて故郷に帰りますから、喧嘩はやめてください」

ムエルたちに食ってかかる勢いの俺の手を引っ張り、アウリースは俺をいさめた。ムエルたちにあれだけのことをされても、アウリースは怒りもせず、我慢しようとしているのだ。

「そのクソ女が、ムエルに色目使ったのが悪いのよ！　ねえ、そうでしょ？　ムエル」

「あ、ああ。そうだな。色仕掛けされた。ああ、そうだ。アウリースが悪い。俺は悪くないぞ」

ミラの詰問に言い訳をするムエルに、血がカッと沸き立つ。呪われた力を手に入れて以来、自分の感情をなるべくフラットに維持し、怒ることを封印してきたが、アウリースへの仕打ちには我慢が限度を迎えていた。ムエルのやった行為は男として最低だ。

怒りが、俺に拳を固めさせる。

「すまん、アウリース。俺は、元パーティーの一員として、こいつらの行為を許してやることができん！」

五年間続けた俺の忠告は、ムエルやミラに対し、なんの影響もなかったのだ。怒りとともに虚しさも感じていた。

「なんだ？　その拳は？　グレイズ、まさか俺たちとやろうってのか？　Sランク冒険者とガチの喧嘩をして生き残れると思ってんのか？　非戦闘職の『商人』の癖に！」

拳を固めた俺を、心にやましさがあるムエルが、高圧的な言葉で抑えつけようとしてきた。

「ははっ！　グレイズ、ついに頭も耄碌しちゃった？　『戦士』のムエルに喧嘩売るなんて、『商人』グレイズは、勝率も計算できなくなったのかしら。アハハ！」

ミラも、俺が初めてムエルに反抗心を剥き出しにしたことを囃し立て、馬鹿にしている。確かにムエルは冒険者の最高峰であるSランク冒険者、しかも戦闘特化の『戦士』。彼に、非戦闘職の『商人』が喧嘩売るのは自殺行為だろう。

ただし、それは俺がただの『商人』である場合だ。ムエルたちには黙っていてすまないと思うが、呪われた俺には人外の力がある。正確には人外以上の力があるが、別の呪いの腕輪でわざとステータスを下げて、人外クラスに留めているのだ。

「グ、グレイズさん、本当に、本当に大丈夫ですから、早く帰りましょう。ムエルさんと喧嘩したら死んじゃうから！　ねっ、私は大丈夫なんで！」

心配したアウリースが一生懸命に俺の手を引っ張り、ムエルたちから引き離そうとしていた。

アウリースも、俺の力を知らない。心配はもっともなことだ。

「大丈夫だ。そこで、待っていてくれ。すぐに終わらせる」

引っ張ろうとするアウリースの手を引き剥(は)がすと、拳を鳴らしてムエルの前に出ていく。

悪いが、今の俺は猛烈に怒っている。人生で一番怒っていると言っても過言ではない。

そんな俺を見たムエルが、苛立(いらだ)ちを隠そうともせずに、こちらを睨(にら)みつけてくる。

「グレイズっ！　お前はパーティーに入れてやったときから気に入らなかったんだよっ！　商店街のやつらは、荷物持ちしかしねぇお前がこの『白狼(ホワイトウルフ)』のリーダーだとか言ってやがった。お前もお前で、リーダーであるオレを馬鹿にして小言を言ったり、自分は頭いいんだぞって澄(す)ました顔をしやがって！　あのとき、お前を追放したらすげえ気持ちよかったぜ！　俺こそが正真正銘のSランクパーティー『白狼(ホワイトウルフ)』のリーダーなんだよっ！」

ムエルは俺に対して劣等感ともいえる思いを抱いていたらしいが、だからといってアウリースに行(おこな)ったことへの免罪符にはならない。

「言いたいことはそれだけか？」

俺は常にムエルをリーダーとして立てていたが、こいつにはそれが馬鹿にされていると思えていたようだ。薄々とは感じていたが、こうもはっきり言われると、アウリースの件もあり、こいつを思いっきり嫌いになれそうな気がする。

「うるせぇ！　その顔が俺を小馬鹿にしているって言うんだよっ！　おっさんがっ！」

怒りを露わにし、拳を固めて殴りかかってきたムエルだが、Sランク冒険者とはいえ、ステータスＭＡＸの俺にはスローモーションのように見えた。拳の軌道を見定めると、クロスするように自らの拳をムエルの顔面に向けて打ち出した。

「むげらぼらぁあっ!!」

クロスで入ったカウンターパンチによって顔面がへこんだムエルが、床の上をゴロゴロと転がっていく。そして、壁に盛大に激突すると、ピクリとも動かなくなった。

「ムエルっ！　ああっ！　何が起きたの！」

ミラがヒステリックに叫んだ。状況としては、Sランク冒険者の『戦士』を『商人』の俺がワンパンチで沈めた。

なおも俺のお仕置きは続く。今度の標的はミラだ。

「ミラ、お前にはいつも人に優しくしろと言っていたはずだが？　俺の言いつけは守れてないようだな？」

ミラが俺の気迫に怯えて尻もちをついた。

「ひぃ！　なにさ。あたしは別に悪いことしてないよ。そのクソ女が人の男に色目使うから――」

怯えるミラが這って逃げ出そうとするところを、素早く間合いを詰め、小脇に抱えると、尻を平手で叩いてやった。パシンという乾いた音が、何度も部屋に響き渡る。もちろん手加減はなしだ。

「ひぎぃいいい！　馬鹿！　グレイズ！　お尻がぁ！」

「アウリースは女性の命である顔だったんだぞ。尻くらいで文句言うな！」

「ひぐぅううう！　お尻があぁ！　お尻が痛いぃ！」

尻打ちが三〇ほど過ぎると、尻がパンパンに腫れあがり、ミラは痛みで気絶してしまった。

「グ、グレイズさん……。グレイズさんってメチャクチャ強いじゃないですか……。ムエルさんもミラさんも、ブラックミルズでトップクラスのSランク冒険者ですよ。それを軽くあしらうなんて……」

すべてを見ていたアウリースが呆けたように俺を見ている。心なしか顔が上気し、頬に赤みが差して、眼が潤んでいるようにも見えた。

抑え込んでいるとはいえ、呪われた力を人前で使ってみせたのは、初めてであった。

「すまんな。力については黙っておいて欲しい」

「え？　あっ、はい。グレイズさんには何か理由があるんですね。分かりました。誰にも言いません。絶対に。グレイズさんがいいって言うまで言いません」

俺の言葉に何かを察したのか、アウリースは何も言わず頷いてくれた。頭の回転の速い子は嫌いじゃない。

こんないい子を自分の欲望の捌け口にしようとしたムエルや、勘違いでいたぶり、晒し者にした性根の腐ったミラのいるパーティーに加入させた責任は、俺にもある。力のことをメンバーに伝え、隠し事をなくして、もっと厳しく二人の教育に当たるべきだったと、自分の勇気のなさが招いたことへの後悔の念が広がっていた。

そのとき、外に出ていたと思われるローマンが部屋に戻ってきた。

「こりゃあ、どういうことだ？　グレイズ？　家の中がグッチャグチャでミラとムエルが気絶している」

「ああ、ちょっとしたお仕置きだ。ローマン、お前が付いていて、この二人をなぜ暴走させた？」

ローマンは俺の言わんとすることを察したらしく、顔色をサッと変えた。ムエルの幼馴染(おさななじみ)であるローマンは、善人とは言わないが、ムエルやミラとは違い、わりとまともな部類の男だった。

「グレイズ、今回の件は私のあずかり知らないところで起きた。冒険者ギルドの件も、ミラの伝手(つて)だ。私は知らん」

ローマンは眼の前で起きていることを誰がやったのか理解したようで、自分の関与を否定した。

「そうか、なら今回の処分を撤回(てっかい)させろ」

「無理だ。グレイズも知っているだろ。冒険者ギルドが一度決めたことを覆(くつがえ)すわけがない。その子には悪いが、冒険者としては終わったと言うしかない。それにミラが撒(ま)いた噂で、『泥棒で金に汚くて実力のない魔術士』として知れ渡った。そんなのを仲間に入れるパーティーなんてないさ」

ローマンは、今回の件に自分は全く関係ないと言いたげに、面倒くさそうな顔をして説明をしている。

「日和見(ひよりみ)するお前なら、そう言うと思ったぞ。だったら、アウリースはうちの『追放者(アウトキャスト)』に加入してもらう。ムエルとミラにそう言っておけ。それと、起きたら『次はない』ときちんと伝えておけよ」

「あ、ああ。そう怒るなって、グレイズ。起きたらちゃんと伝えておく。これでいいか？」

ローマンは二人の惨事(さんじ)を見て、俺との争いは有益ではないと判断したようだ。この男、そういった知恵には長(た)けていた。

「あ、あの。私がグレイズさんのパーティーにですか？」

何が起きたのか理解できないとでも言いたげなアウリースが、こちらを見ている。

「ああ、迷惑じゃなかったらだがな」

「ぜ、是非(ぜひ)！　私でいいですか？」

「ああ、そうだ。アウリースをうちのメンバーとして迎え入れたい！」

メンバーへ迎える証(あかし)として、アウリースに握手を求めた。

「ありがとうございます！　私、グレイズさんのために頑張(がんば)らせてもらいますっ！」

ムエルとの一件があるため、男の俺がリーダーを務めるパーティーへの参加は嫌がるかもと思ったが、アウリースの返事はめちゃくちゃ早かった。

アウリースがギュッと俺の手を握り返す。その顔は心なしか火照っているように見えた。

「お取込み中悪いが、アウリースの装備はミラが怒り狂って解体しちまったから、返せと言われても返せないぞ。それと、後で揉めないようにこれは渡しておく。面倒ごとに巻き込まれるのはごめんだ」

伸びているムエルの懐から、ローマンが取り出した書類を受け取る。俺が手にした紙束には、『金銭賃借契約書』と書かれていた。中身にザッと眼を通す。怒りのゲージが、また一目盛り増えそうであった。

「なんだ、これ？　アウリースが、ムエルから一〇〇〇万ウェル借りていることになっているぞ」

「え⁉」

「揉める元だ。グレイズが処分してくれ」

アウリースは書類の存在を知らなそうだったし、ローマンは面倒臭そうに手を振っていた。ミラの件がなくても、どうやらムエルが何かよからぬことを企んでいたようだ。

書類をランタンの油に浸し、ろうそくの火で焼き捨てる。

「グレイズさん……。ありがとうございます。本当に何から何までお世話になってしまいました。このご恩はきっと返します」

「別にいいってことよ。今回の件は俺が招いたようなもんだ。アウリースは悪くない！　胸を張れ！」

「はい……ありがとう。グレイズさん」

俺はアウリースの頭をそっと撫でる。そして二人で、ムエルたちのもとをそっと立ち去っていった。


凶状持ち（冤罪）のアウリースが『追放者』に加入した。

その噂は瞬く間に、冒険者の間に広まっていった。お荷物『商人』、アホの子『武闘家』、独尊『精霊術士』、そして凶状持ち『魔術士』といった組み合わせだ。

最低最悪の冒険者パーティーって評価ならまだマシ。口の悪いやつらは、『冒険者の面汚しが集まった掃き溜めパーティー』とまで言い捨てる。

だが、俺にはとても居心地がいいパーティーとなっていた。

『おや、そんなこと言う方がいるんですね。あたしにはグレイズ殿が言う通り、とってもいいパーティーに見えますよ。みんな、仲がよろしいようですしね』

さすがだな。分かっているじゃないか。お前が言う通り、メンバー間の関係が非常に良好ないいパーティーだ。新加入のアウリースの存在を、カーラやファーマも喜んでおり、まるで姉妹であるかのように仲良くしているのだ。そのアウリースも、パーティー加入と同時に、俺の郊外の一軒家に宿を移し、共同生活を始めている。

『そうでしたね。アウリースさんも、ファーマちゃんとカーラさんに説得されて、グレイズさんのお家で同棲を始めていましたね』

言葉に気を付けたまえ。『同棲』ではなく、『共同生活』だと言っているだろう。まあ、それは置いておくとして、正直、出会って一日二日くらいで、あれほど仲良くなれるかと思ったが、仲良くなった理由を聞こうとしたら『乙女の秘密』だと、笑って誤魔化された。

『あー、乙女の秘密ですかー。ここは深く聞いちゃダメですよ、グレイズ殿』

乙女の秘密ってなんだ？　ああ、これは詮索すると『デリカシーがない』って言われる類いの話か。

『そういうことです。女の子は秘密が多いんですよ。グレイズ殿以上にね』

そうか。まあ、いい。仲良きことはいいことだ。

とまあ、アウリースが加入したのはいいが、彼女の装備を剥奪されてしまっていたので、ファーマやカーラと同じく、装備一式を見繕うことにした。

アウリースを連れてメリーの店に行くと、なんだかとってもメリーが不機嫌だったが、ファーマとカーラが何やらゴニョゴニョと耳打ちすると、顔色を一変させ予算内で買える、とっておきの掘り出し物を出してくれたのだ。火属性が強化される『豪炎の杖』と、魔力の回復するスピードが上がる『魔術士のローブ』を、一万ウェル程度で入手できた。

ファーマとカーラにも装備代を貸し出したので、アウリースにも同じ値段を立て替えることにしたのだ。

不平等は喧嘩(けんか)のもとだからな。

なので、二人と同じように、探索フル装備セットはプレゼントしてある。

そして買い物を終えると、アウリースにいつまでも俺の服を着させておくわけにもいかないので、衣服代として二〇〇〇ウェルを手渡し、ファーマとカーラたちと一緒に服屋へ買い物に行った。

『若い女性にとっても優しいグレイズ殿ですね。さすが持っている男グレイズって言われるだけのことはありますねぇ』

若い子に浮かれて貢(みつ)ぐおっさんは痛いって言うなよ。俺も自覚しているさ。でもまあ、これが甲斐性(かいしょう)ってやつだ。って、別にそういう意味でお金を与えているわけじゃないぞ。うん、そうだ。違うんだ。

『えー。そうなんですか？　お嫁さん候補に色々と貢(みつ)いでいるのかと思っていました』

お前には筒抜けだから正直に言うけど、嫁云々(うんぬん)の話は商店街の連中が言っているだけで、俺としては彼女たちを一人前の冒険者にしてやることの方がずっと大事なんだ。彼女たちが一人前になってから、俺とのことは、それはそれとして話を進めればいいさ。

『おや、グレイズ殿もその気が全くないってわけじゃないんですね。これはいい傾向です』

うっさい。けど、それは彼女たちが一人前の冒険者になった後で、今の話じゃないぞ。それだけは覚えておいてくれよな。

『はいはい。きっとすぐに一人前になりますよー』

声の主がスッと気配を消していく。服を買いに出た三人と別れて一人になった俺は、アウリースから預かった荷物を担(かつ)ぐと、小用をこなすため、商店街の中を歩いていった。

「あっ！　グレイズさん！　アウリースちゃんが、あんたのところに嫁入りしたって、ホントなの？」

商店街を歩いていて、俺に声かけてきたのは、下着屋のおばちゃんだ。アウリースの件を知っているようで、顔を輝かせて俺に寄ってきた。

「ち、違いますよ。うちのパーティーに入っただけだって。それがなんで嫁入りになっているのさ」

「あら、残念。冤罪(えんざい)を着せられてムエルの馬鹿パーティーから追放されて、グレイズさんのパーティーに移籍したって話を聞いているから。あの子、真面目(まじめ)で一途(いちず)で頑張(がんば)り屋だしね。ただ、仲間運がなくてねぇ。前の仲間に身売り同然で売られたり、今回は前代未聞の降格処分でしょ。可哀想な子なのよ。それが、今度はグレイズさんのパーティーに入ったと聞いてね。わたしはとっても嬉しいのよ。あの子はうちが推している子だしね。グレイズさんの嫁にしてあげてね」

ハンカチを眼に当てて涙ぐむおばちゃんには悪いが、商店街の連中が何か悪だくみを企画している気配があるんで、アウリースを俺の嫁にって話は一旦棚上げさせてもらう。

しかし、俺としても自分のせいでアウリースを不幸に巻き込んだとの自覚はあるので、生活その他一切の面倒は本人が嫌がらない限り見るつもりではある。

「残念ですけど、俺は独身が続きそうですよ」

とはいえ、それは結婚という形ではないと思われるので、おばちゃんには否定しておいた。

「あらー。じゃあ、今度アウリースちゃんに、刺激的な下着で誘惑して既成事実を作っちゃいなさいって言っておかないと。もう、奥手ね。グレイズさんはー」

下着屋のおばちゃんからとんでもない言葉が飛び出す。

えーっと。おばちゃん、やめなさい。俺も男だからね。そういった誘惑には耐性が低いわけさ。だから、刺激的なのはいけませんってね。

「そんなアドバイスしたらダメですよ」

おばちゃんには早まらないように釘を刺しておいた。

「えー、残念。でも、グレイズさんは甲斐性（かいしょう）あるから、三人とも嫁にしたりしてね。いや、四人かな。鑑定屋のメリーちゃんも嫁にしてあげるんでしょ？」

「どこの王様ですか……。そんな気はないですよ」

下着屋のおばちゃんが、バシンと俺の肩を叩(たた)く。

「グレイズさんも男なら、嫁の三人や四人くらい持たないと」

むう、それはそれで大変そうな気がするが。世間的に、金がある男性が多数の女性を養うって考えが一般的なのは理解している。けど、俺がするとなると話は別だ。

俺は下着屋のおばちゃんに愛想笑いを浮かべて、その場から素早く立ち去ることにした。

そして、下着屋のおばちゃんから逃げ出した俺が向かったのは細工屋だ。細工屋は主にペンダントや指輪、腕輪、冠といった装身具を制作してくれる店。

アウリースも加入したことだし、ちょっとしたサプライズプレゼントしようと思う。

何をプレゼントするかは決めていた。指輪だよ。指輪。パーティーの証(あかし)である指輪を作るパーティーは結構多い。ムエルのパーティーでは作られなかったが、『追放者(アウトキャスト)』ではお揃いの指輪を作って、彼女たちとの結束をさらに強くしたいと思っていた。

店に入ると、細工屋の主人が俺の姿を見つけて、工房から出てきてくれた。

「おう、グレイズ。今日は何の用だ?」

「おやっさん、久しぶり。実は立ち上げたパーティーのメンバーに指輪を贈ろうと思ってさ。この金塊から指輪を作ってもらおうと思って」

「ほう、婚約指輪か？　四人分でいいか？」

細工屋の主人は何か勘違いしている。これは訂正が必要だ。

「おやっさん、よく聞いてくれ。パーティーの証の指輪だから。婚約指輪じゃないぞ」

「でも、実質婚約指輪だろ？　ほら、お前の持つ、郊外の一軒家に同棲しているって噂だし。で、正妻は誰にしとく？　やっぱ鑑定屋のメリーか？　メリーなのか？」

おやっさんが真剣な顔で質問してくる。

むむ、細工屋のおやっさんまで、例の商店街の悪だくみに参加しているようだ。

一体、どこまで広がっているのだろうか。しかも、何やら俺を対象に賭け事をしているくさい。推測するに、商店街の連中が会う度に俺に嫁取りを勧めてきているので、誰が嫁になるかを賭けている気がする。

商店街の悪だくみの内容が気になったので、おやっさんにカマをかけてみた。

「で、おやっさんの推しは誰？」

「そりゃあ、メリーだろ。長年、あれだけ頑張っているんだ。嫁は複数娶るとしても、正妻にしてやらんとおさまらんぞ」

さいでございますか……。だが、最近機嫌が悪いんだよな。って、やっぱ俺の結婚を賭けの対象にしてやがったっ！

「おやっさん、商店街の連中は何か悪だくみをしているなと思っていたけど、俺の結婚相手で賭けをしているんだろ！」

おやっさんの顔に『しまった、バレた』という表情が浮かぶ。

どうも、ムエルのパーティーを追放されてから、そういった話をされる機会が多いとは思ったが、どうせ魔法書店のおばばあたりが賭けの胴元をやっているんだろう。

賭けをするのは勝手だが、四十路のおっさんが若い嫁をもらうのは、なんにせよ大変だろうし、相手の問題もあるからな。なるようにしかならん。

気になっていた商店街の連中の悪だくみが、俺の結婚相手の賭けだと判明したが、怒りを感じることはなかった。商店街の連中は、俺がクソガキだった頃から付き合いがある人が多く、俺にとっては親戚のような連中であったからだ。

「あー、そうか。期待には沿えそうにない。スマンな。それよりも指輪を作ってもらっていいか？」

「ちっ、男なら甲斐性（かいしょう）を見せろってんだ。俺が若いときにはなー」

「あー、はいはい。今度また聞くから、今は指輪を作って。ほれ、金塊持ち込み。四人分のパーティーリングを作ってくれ。デザインはシンプルでいいよ。内側に『追放者（アウトキャスト）』って刻印だけ入れてくれると助かる」

文句を言おうとするおやっさんに、パーティーリング用の金塊を手渡す。

「つまんねー仕事だな。婚約指輪のときは贅の限りを尽くしたもんにしとけよ。ケチくさい男は嫌われるからなー」

承知しました。万が一、婚約指輪が必要な事態に陥ったら、贅の限りを尽くさせてもらう。多分、そんな事態は訪れないと思うけどな……

「手間賃はその金塊から取ってくれ」

おやっさんに手渡した金塊は、それなりの額で買い取ってもらえる量がある。四個分のパーティーリングを作っても、手間賃としては結構な額になるはずだ。

「おう、太っ腹だな。おめえのそういうところは好きだぞ。さて、じゃあ。グレイズ、ファーマ、カーラ、アウリースとメリーだな。指のサイズはきちんと俺が知っているから任せておけって。悪い虫退治にいいもんをこさえてやる」

ちょ、待て。なにゆえ、最近加入したアウリースの指のサイズまで知っているのだ。いったい、この街の商店街のネットワークはどうなってやがるんだ。

「そ、そうか。おやっさんに任せる」

「おう、任せておけ。夕方までには仕上げておくから、ぶらついてこい」

おやっさんは金塊を手にすると、俺を店から追い払うように手を振った。

夕方までとは、さすがおやっさん仕事が早い。それでいて、仕上がりはどんな細工屋にも負けないくらい綺麗なのだ。

信頼のおける細工屋にパーティーリングの作成を任せ、俺は夕方まで商店街をぶらつくことにした。


夕方まで知り合いの店で掘り出し物を探して時間を潰した俺は、おやっさんのところで完成したパーティーリングを受け取る。四個注文したはずが、渡されたのは五個であった。

一個多いと返そうとしたら『おめえ、俺の大事なメリーをのけ者にするのかっ！』っておやっさんがキレたため、渋々ながら五つの指輪を受け取った。

メリーは店を構えた商人なんで、俺のパーティーに入るなんて事態はないと思う。おやっさんも耄碌――って言うと怒られるので、余ったのはしまっておくことにした。

パーティーリングを受け取った俺は、みんなと一緒に夕食をとる予定だった酒場に足を向けた。

「あら、グレイズさん。いらっしゃいませー。お席は奥の個室を取ってありますよー」

お気に入りの酒場のマスターの娘が、予約しておいた奥の個室に案内してくれた。個室にはまだ誰も来ておらず、俺が一番乗りであった。

「連れが来たら案内頼むな」

「はーい。カーラお姉様とファーマちゃん、それとアウリースさんでしたね。承りましたー」

酒場の看板娘が元気よく挨拶をして個室から出ていった。しばらく待っていたら、個室のドアがノックされた

「どうぞ。開いてるから入ってくれ」

俺の返事にドアが開くと、カーラ、ファーマ、アウリースの三人が姿を現した。

「グレイズさんお待たせ――」

「ちょっと、遅れた」

「すみません。服を選んでいたら時間がかかってしまって……」

三人が今日の成果物だと思われる服を着て、ドアから個室に入ってきた。三人とも今まで着ていた服よりも心持ち肌色部分が増えた気がするが、素材がいいため女性的な魅力が増して見える。それに、三人とも普段はしていない化粧まで薄らとしているように見えた。

「お、おう。みんな、見違えたぞ。ああ、うん。いつも素敵だが。今日はまた一段と……」

「ファーマ、綺麗？　ねぇ、グレイズさん綺麗？」

ファーマが俺の隣の席に座り、腕を取ってこちらを見ていた。

「グレイズ、私たちを見てご満悦。コレの選択、正解」

ファーマの反対側にカーラが座り、同じように俺の手を取ってこちらを見ていた。

「グ、ググ、グレイズさん。本日は夕食に誘っていただきありがとうございます。私みたいな問題

児をパーティーに入れていただいて、本当に、本当に感謝しています」

肌も露わな服装をしたアウリースが、俺の眼の前の椅子に座った。三方向を美女、美少女たちに囲まれた俺の姿を見たら、どこかの王族かと思われることは必至だった。

落ち着け俺。みんな大事な仲間だからな。

俺は落ち着きを取り戻すため、一旦大きく深呼吸をした。それほどまでに三人の破壊力は強く俺の心を揺さぶっている。

「んんっ！　みんな落ち着け。俺もまずは落ち着くからっ！」

「ファーマは、グレイズさんの膝の上がいいのー」

そう言うと、小柄なファーマが俺の膝の上に乗ってきた。すると、反対側のカーラもさらに俺へ体を寄せてきて、胸が俺の腕に当たっている。

「グレイズ、食べる物なに頼む？」

「まずはお酒ですよね。来る前にエールを頼んできましたから、そろそろ持ってきてくれるはずです」

アウリースが気を利かせて酒を先に注文してくれていた。細かいことに気が付く子であるようだ。

ただ、俺の視線の先に座り、魅力的すぎる格好をしているため、眼のやり場に困ってしまう。

「ああ、助かる。みんなは、な、なに頼む。今日は奢り（おご）だからなに頼んでもいいぞ。ファーマはこっちにちゃんと座るようにな」

なるべく平静を装い、膝の上に座っていたファーマを隣の席に座らせ、カーラが持つメニュー表を受け取る。ここで、年上である俺が狼狽えるわけにはいかないのだ。紳士であることを崩してはならない。

「お待たせしましたー。ご注文のエールですー」

個室のドアを開けて、看板娘が人数分のエールをテーブルの上に置いていく。

「大盛サラダとチーズの盛り合わせ。あと、ワイン追加。ファーマとアウリースは？」

「ファーマはフルーツの盛り合わせとー。パンケーキが欲しい！　あと果実水もー」

「私はグレイズさんと同じ物でいいです。グレイズさん、どうしますか？」

「そうだな。炙り肉の盛り合わせと煮込み物を適当に人数分見繕ってくれ。あとエールは樽で一つ追加だ」

「承りました。ではごゆっくり」

看板娘が注文を書き留めると、ドアを閉めて立ち去った。

「それにしても、商店街のこんな場所に酒場があるとは知りませんでした。いつも食事は歓楽街で済ませていましたから」

俺がお気に入りにしているこの酒場は、歓楽街にある冒険者向けの酒場ではなく、商店街で働く者たち向けに作られた酒場であった。アウリースが知らなくて当然だろう。ただ、今でこそ商店街と冒険者の関係がギクシャクして冒険者が寄りつかなくなったが、昔は商店街の酒場も繁盛していたのだ。

「伊達に歳は取ってないって話さ」

「へえ、さすがグレイズさん。物知りですね。数年、このブラックミルズに住んでいましたが、全然知りませんでした」

アウリースが尊敬したようなキラキラした眼を俺に向けてきていた。ムエルをぶん殴って以来、アウリースが俺を見る眼が激変しているのだ。

「無駄に長くブラックミルズに住んでいるからな。大概の食い物屋は行っているぞ」

「グレイズさんは大人の男性って感じがします。年齢もありますけど、男性としてすごく落ち着いているのが魅力的ですよね」

「グレイズ、いい男。しかも有能」

「それにすごく褒めてくれるのー」

三人が俺を褒めちぎるが、あんまり褒められるとこっちが照れてしまう。

「三人とも褒めてくれるのはありがたいが、俺は一介の冒険者に過ぎないぞ」

「グレイズ、Sランク冒険者。戦うだけじゃなくて、知識、知恵。Sランク冒険者に値する」

「ファーマと同じくらい気配にも敏感なんだー。結構、自信あったのになぁ」

「グレイズさんはやはり冒険者としても有能なのですね。納得です」

俺へのお褒めの言葉が止まらないようなので、話題を変えるため、先にサプライズプレゼントを渡すことにした。

「まあ、俺の話はそれくらいにして。実は、みんなとパーティーメンバーになれた記念の品を作ってね。受け取ってもらえるとありがたいんだが。そう高級なものじゃないから、遠慮せずに受け取ってくれ」

三人の前に一つずつ小箱に入ったパーティーリングを置いていく。おやっさんが気を利かせて、綺麗（きれい）な細工が施された小箱に入れてくれたのだ。

「うあああ、箱が綺麗（きれい）だよー」

「凝（こ）った細工箱。素晴らしい技術」

「本当に綺麗（きれい）な箱ですねぇ。中身は何かしら……え!?　これって……」

三人とも小箱を開けると、中身を見て言葉を失った。

「俺とお揃いで済まないが、パーティーメンバーの証（あかし）として、パーティーリングを作ったんだ。中には個人名と『追放者（アウトキャスト）』ってパーティー名が刻印してあるぞ」

三人とも俺の話が耳に入っていないようで、まだ固まっている。

それほど驚くことだったのだろうか。結構みんな仲間意識を高めるために作るって聞いていたが、最近の冒険者たちは作らないのか。まずい、またおっさんくさいことをしちまったかな。

「え、えっと。別にデザインがダサいとか、恥ずかしいとかだったら、つけなくてもいいからな。記念になる物をって思っただけなんだ。他意はないから安心してくれ」

ファーマは眼を見開いて箱の中身を見ているし、カーラも何かニヤついた顔で中身をシゲシゲと覗(のぞ)き、アウリースに至っては眼に涙を浮かべていた。

「グ、グレイズさんっ！　ありがとぅぅう!!　ファーマはとっても嬉しいのぉー！　しかも、グレイズさんとお揃い！　ねえ、はめてくれるぅー？　グレイズさん、はめてー」

ファーマが箱からパーティーリングを取ると、俺にはめて欲しいとねだった。

「お、おう。いいぞ」

ファーマがさりげなく左手の薬指を差し出す。ファーマには残念だが、そこに指輪をはめると俺と婚約したことになってしまう。俺みたいな呪われた身体のおっさんと婚約などしたら、ファーマの大事な若い人生を棒に振らせてしまうため、電光石火の早業で右手の人差し指にはめてあげた。

「ファーマ、パーティーリングはこっちにはめるのが正式らしいぞ」

「えー。ファーマはこっちでもよかったよー」

ファーマが残念そうに左手の薬指を見つめていた。

「グレイズ、私にもはめて欲しい。こっちでいい」

カーラもファーマと同じように左手の薬指を差し出しているが、ファーマにも言った通り、パーティーリングは右手人差し指が定位置なので、カーラが反応するよりも早く定位置にはめてあげた。

「あ、あの。グレイズさん、私は恐れ多いので……。あ、でも、グレイズさんがどうしてもって言うなら――」

アウリースも眼に涙を浮かべて左手の薬指を出しているが、とても不幸な目にあった子をさらに俺の嫁なんていう不幸のどん底に突き落とすわけにはいかないので、二人と同じように右手の人差し指に眼にも留まらぬ速さではめた。

「みんなサイズもちょうどよさそうでよかった。特別な力は付与されていないただの金の指輪だが、大事にしてくれるとありがたい。俺もほら、この通りはめておくからさ」

自分用の刻印が入ったパーティーリングをはめてみせた。三人ともなぜか左手の薬指にはめられなかったのを残念がっているものの、記念の指輪自体は喜んでくれているようだ。

「さあ、みんな。乾杯しよう。『追放者（アウトキャスト）』に乾杯！」

「「「乾杯！」」」

無事三人にサプライズプレゼントであるパーティーリングをはめてあげることができた。この指輪は真の仲間の証（あかし）。この指輪にかけて、俺はあの三人を絶対に守ると誓いを立てた。

その後、俺たちは運ばれてきた料理に舌鼓を打ち、酒を飲み楽しいひとときを過ごした。

楽しい夕食会を終えた翌日、俺たちはみんなのステータスを更新をするため、アクセルリオン神殿を目指して郊外の道を歩いていた。

『おはようございます。今日はどこに行かれるんです？』

おっす、おはよう。今日はアクセルリオン神殿だ。おっと、そう言えば、冒険者ランクとパーティーランクの違いを説明してなかった気がした。聞いていたか？

『ランクの話？　聞いたかもしれませんし、忘れちゃったかもしれませんねぇ』

じゃあ、神殿までもう少しかかるし、おさらいがてら説明していこう。

『ありがたいですね。グレイズ殿の解説はとっても分かりやすいので、この世界のことを知る助けになっていますからお願いします』

おっけい。まずは、『冒険者ランク』の方。これは、冒険者ギルドが個人の魔物討伐数やその他依頼(クエスト)達成数、到達階層によって個人的に付与されるランクだ。このランクが高いと、高いランクの依頼(クエスト)を受注でき、受注可能な数も増えるのだ。

ちなみに、ソロ探索をするSランク冒険者もいるが、そういった場合、魔物討伐数に特化した者しか存在していない。

話が逸れたが、これはパーティーを組んでいても、個人に与えられるランクになる。つまり、Sランクパーティーから Fランクパーティーに移籍しても、個人の冒険者ランクは変動しない。

……はずなんだが、アウリースの場合、その個人に与えられる『冒険者ランク』が、Fランクに降格されたわけだ。

『冒険者ランク』は、冒険者個人としての信用度に直結するため、めったに剥奪されることはない。ただ、殺人などの重大な犯罪行為が露見した場合はその限りではない。世間一般では剥奪＝冒険者として引退、という認識だった。

アウリースのように、Aランクから Fランクへ降格、再スタートなど前代未聞なのである。

『へえ、剥奪はあっても降格は基本ないんですね』

アウリースの件は冤罪であることを、アルマを通じて冒険者ギルドに報告したが、決定は覆らなかった。ただ、アウリースも引退はせず、俺のパーティーでFランク再スタートを了承したため、犯罪歴の消去だけはしてもらっている。

とりあえず、『冒険者ランク』は冒険者個人の信用を表すランクだと思ってくれ。俺は『Sランク冒険者』に、ファーマ、カーラ、アウリースは『Fランク冒険者』に認定されている。

『グレイズ殿は前のパーティーでガンガン納品系の依頼をこなして上がったんですか？』

ああ、そうだな。戦闘では活躍できないんで、内職でやっていた納品依頼でSランク冒険者認定をもらったというのが本当のところさ。

『本気出せば、戦闘も余裕でしたでしょうけどね。まあ、そこがグレイズ殿らしいと言うべきでしょうか』

よせやい。一介の商人が拳一つで深層階の魔物ぶっ殺したら、絶対にみんなが気味悪がるだろ。そんな眼で見られるくらいなら、荷物持ちで馬鹿にされていた方が楽だよ。

まあ、そんな話は置いておく。次は『パーティーランク』だ。

『はいはい。パーティーランクですね。冒険者ランクが個人用だとすると、こっちがパーティーの信用度ですね』

やっぱ、お前は理解が早いな。その通り。パーティーに与えられるランクで、結成時から解散するまで継続的に与えられるランクとなっている。結成した時点でFランクが付与され、依頼達成率、到達階層、年間ウェル獲得額によって、月末査定でアップダウンを繰り返し、最高はSランクまである。

なお、パーティーの解散などの権限は、リーダーのみが持つ決まりになっている。おかげで、どのパーティーでもリーダーの権力は強い。なので、仲間内で仲が悪くなったら、パーティーから抜けるのは、リーダー以外の者である。残ったリーダーは新たな冒険者を勧誘し、パーティーを維持していく。

あと、『パーティーランク』は、パーティーの信用度だけでなく、勧誘可能な冒険者ランクの上限解放や、冒険者ギルドからの特典などにも左右する。

『グレイズ殿はSランクパーティーにおられたのですから、結構すごいことですよね』

その通り。Sランクパーティー認定は、ブラックミルズだとトップ一〇にしかもらえないからな。

『トップ一〇。一体ブラックミルズ全体でどれくらいのパーティーがあるんですか？』

五〇〇くらいかな。正確なのはアルマが知っていると思うが。まあ、トップ中のトップってことさ。だから、俺の個人的目標としては全員『Sランク冒険者』の『Sランクパーティー』を目指したい。しかも、三年以内にだ。

『三年ですか。きっとグレイズさんなら、三年もかからないと思いますけど』

お前も俺を褒めちぎるのか。意外とプレッシャーを感じるんだぞ。若い子たちだからな。大事に育ててやらんといかんのだ。

『嫁としてですね』

うるせー。お前も例の賭けに参加してないだろうな。

『あっ、グレイズ殿、神殿に着きそうですよ。ああ、あの方の匂いがします。さあさあ、ステータスの更新をしないと』

ちょ、お前。話逸らしたな。まさか！

『グレイズ殿、あたしステータス更新について知りたいなぁ～。説明して欲しいなぁ～』

お前、明らかに誤魔化(ごまか)しただろ。ちっ、しょうがねえやつだ。ステータスについて説明してやろう。

『よっ！　待ってました！』

調子のいいやつめ。だが、そういう性格は嫌いじゃない。ステータスの話は神殿長からの受け売りだが、ステータスってのは、個人の能力を神の御業によって数値化したものらしい。

ほんとかよ。うさんくせえなとか思うが、自分の呪いの力を見てれば納得せざるを得ない。

項目は筋力、素早さ、器用さ、知力、運の五項目だ。

個別に項目内容を簡単に説明していくぞ。

まずは『筋力』だ。『筋力』は物理攻撃及び、物理防御力の基本となる項目。あと体力の基準や持てる荷物の最大重量の加算数値の目安にもなる。

この『筋力』が低いと荷物が持てない、体力ない、物理攻撃力ない、物理防御力ないと、ないないづくしになるため、前衛を任せるのはやめた方がいい。前衛には必須の項目であると思う。

次に『素早さ』だ。『素早さ』は行動の速さや回避成功率、攻撃回数などに影響してくる。それと、罠(わな)解除にも影響する項目になっている。

この『素早さ』が低いと、敵に先制されたり、何度も攻撃されたり、攻撃が避けられないというある。

風になり、一方的に魔物にボコボコにされる可能性があるのだ。あまりに低いと結構困る項目である。

次は『器用さ』だ。『器用さ』は攻撃の命中率、魔法の詠唱速度、致命的な一撃を繰り出す成功率などに影響してくる。あと、一番影響するのは罠解除の成功率だ。この『器用さ』が低いと攻撃も当たらず、魔法発動も遅く、宝箱やダンジョントラップ、鍵などの解除の成功率も低くなる。罠解除や戦闘をするためには、とても重要な項目だ。

次に『知力』だ。『知力』は魔法攻撃力及び、魔法防御力の基本となる項目で、魔力自然回復量の基礎ともなる数値だ。この『知力』がないと、敵の魔法攻撃に抵抗できずにいいようにされてしまう可能性が高い。魔法系のジョブには必須の項目だ。

最後、『運』だ。『運』はすべての行動に影響する。『運』がないと、すべての行動にマイナスが発生し、なかなかいい結果を得られないことになる。なるべくあった方がいい項目である。

『ふう、グレイズ殿が一気に喋るから、あたしの頭パンクしそう』

まだまだ休めないぞ。さっき説明した五項目が、それぞれ、G、G+、F、F+、E、E+、D、D+、C、C+、B、B+、A、A+、S、S+の一六段階に分かれて評価される。

俺は全項目『MAX』。ただ腕輪を外すと『∞』なんで参考にならんがな。

Gは『劣っている』で、Dが『普通』、Bが『優れている』、Aが『とても優れている』、そして

Ｓ＋が『最高』という評価だそうだ。神殿長の祈祷を受けると、神様の力で各項目の評価が紙に浮かび上がるというわけだ。原理はよく分からんらしいので『神の御業』と称していると聞いた。

そんな感じでステータスについては理解してくれ。

『はい。なんかいっぱい喋っていて頭に入ったか分からないけど、よく分かりました』

なんじゃそりゃあ。まあいいや。おっと、そろそろ、神殿に到着しそうだ。また、あとで話そうな。

『はい、あたしはちょっと休憩します。ふう』

声の主が消えると、俺たちはアクセルリオン神殿に到着していた。

アクセルリオン神はこの世界を創造した女神とされ、自らの力を分け与え、大地を作り、海を作り、生き物を作り上げたという。大陸各地に神殿が建立され、この地に生まれた者にジョブとステータスを授けている。

ブラックミルズもダンジョンがある街として冒険者が多いため、ステータスやジョブを確認するための寄進が多く集まっており、神殿は石造りのしっかりとした建物が作られていた。

「これは、珍しい人がお越しになった。グレイズ殿、ご健勝でしたかな？」

門番に挨拶をして神殿内部に入ると、髪も髭も真っ白に染まり、枯れ木のように細い身体を僧衣に包んだ男が、神殿の奥から現れた。

僧衣の男は、アクセルリオン神殿の神殿長であるベアードだ。勤めていた店の旦那様が亡くなったことで、俺が呪いによってステータスＭＡＸになったのをこの街で唯一知る人物だった。

「おかげさまで、風邪一つひかないで健やかに過ごしていますよ、ベアード神殿長」

「それは何より。こたびは婚姻の契約の立会の依頼ですかな？　なんでも四名か五名ほどとか」

皺だらけの顔にニコリと笑みを浮かべて、俺たちを見ている。

この爺さんも食えない男であった。まさか、ベアード神殿長まで例の賭け事に参加しているとは、思ってもみなかった。

「違いますよ。今日はみんなのステータス更新して欲しくてね」

「ほう、そうでしたか。それは、残念です。立会人が必要となりましたら、遠慮なく申し出てください」

「今のところはそっちの予定はありませんよ、残念ながらね。さて、ステータス更新は誰から行く？」

俺はベアード神殿長に肩を竦めると、背後にいたメンバーたちに声を掛けた。

「ファ、ファーマ、冒険者になった直後にジョブだけは調べてもらったけど、ステータス更新は初めて。前のパーティーはお金がもったいないって、ファーマだけ仲間外れにされていたから……。お前に払う金なんかねえって言われたし。ステータス更新って痛くない？」

ファーマが初めてのステータス更新に怯えた様子を見せていた。彼女がステータス更新をしてないのは、冒険者になる際にジョブの確認だけは義務付けられているが、ステータス更新は冒険者の自己管理とされているからだろう。自分のステータスを把握してないと、ダンジョン探索において、何ができて何ができないかが判断できない。一度くらいは更新していると思ったが、ダンジョンに入る前に調べておけばよかったな。それにしても、ファーマの前のパーティーの仲間は、彼女を使い捨てするつもりだったのかと勘繰ってしまう。

「なら、ファーマからいこうか。ステータス更新は痛くないから大丈夫だぞ」

自分の実力を全く知らないファーマには、早急に自分の力を把握してもらわないといけない。

「うん。お願いしますー。初めてだからドキドキするよー」

「ふむ、この子が一番ですか。よろしかろう。では、こちらへ」

ベアード神殿長に手招きされたファーマが前に出ていく。

二人が進んだ神殿の奥には、アクセルリオンの巨大神像がある。その神像の前に作られた石造りの祭壇に二人が連れ立って立つ。ファーマが、ベアード神殿長の前に跪くと、神殿長の持つ杖が光を帯びていく。しばらくすると、杖から伸びた光がファーマを包み込んでいった。

そして、ファーマを包んでいた光が、今度は祭壇に置かれた紙に集約されていく。

「アクセルリオン神よ！　彼の者の能力をこの世界に示せ！」

ベアード神殿長が杖を掲げると、紙に集まっていた光が眩しさを増した。光が収まるとベアード神殿長が紙を手に取る。

実は俺も、人のステータス更新に立ち会うのは初めてで、ジッと息を呑んでファーマの結果を待っていた。

すると、普段は皺で押しつぶされたベアードの眼が見開かれているのに気が付いた。

「ファーマ殿は、ステータス更新が初めてだったな？」

「え？　あ、はい」

ベアード神殿長がファーマをジロジロと見る。その眼は真剣さを帯びているようにも思えた。

ファーマに何か重大事でも発生したのだろうか？　ステータス更新で問題発生とは、あまり聞いたことがないが。

ベアード神殿長が、ファーマの姿とステータスが記された紙を交互に見て唸っている。

「ファーマ殿は天啓子であるな……。すまぬが、ジョブはなんであった？」

「ファーマは『武闘家』だよー。なんか、転職できないし」

「ほう、『武闘家』とな……。転職できないのならば、完全に天啓子であることに間違いはないな」

天啓子……。ファーマが天啓子か。ああ、なるほど。それで、転職ができないのか。俺と同類の呪いかと思ったが、違ったようだ。

ベアード神殿長の言う『天啓子』とは、通常の冒険者と違い、特化したステータスを最初から持つ者である。その特化した能力と引き換えに、ジョブを固定されることになるのだ。

俺も呪われて力が制御できなかったとき、旦那様に連れられてこの神殿に来たら、ステータスから『天啓子』と間違われたが、ステータスＭＡＸが後天的に呪いで得たものだと説明すると、納得してもらえた。

だが、そのような呪いの品が存在することを知ったベアード神殿長から、ステータスＭＡＸについて口止めされたため、別の腕輪で能力を抑えて生活することになった。

そんな呪われた力を得た俺とは違い、ファーマは生まれつきの『天啓子』のようだ。

「へー。ファーマ、すごいの？　グレイズさん？」

「ちょっと、見せてもらっていいですか？」

「グレイズ殿に見せてよいかの？　ファーマ殿」

「グレイズさんなら、いいですよー」

許可をもらい、紙に記されたファーマのステータスを見せてもらう。

ファーマ　獣人族　一五歳　女性

ステータス

筋力：D＋　素早さ：S＋　器用さ：F＋　知力：G＋　運：C＋

見せてもらった能力は、言われた通り偏りすぎていた。ファーマの場合、素早さが最高評価の『S＋』なのだ。確かにダンジョンでの動きは速かった。駆け出しとは思えないスピードで、スライム程度では追いつけない身のこなしをしていた。

知力は、まあ『天啓子』の影響だろう。ただ、アホの子ではない。教え方にコツがいるだけだ。それにしても、素早さ『S＋』はすごいな。弱点を埋めれば、最速の武闘家が誕生する。二〇連コンボ攻撃とか決めるかもしれんな。

「グレイズさん、ファーマ、すごいの？　ねぇ、すごいの？」

「あ、ああ。すごいぞ。ファーマ、君は最高の武闘家になれるかもしれん」

自分の能力がスバ抜けていたことを、まだあまり理解していない様子である。

「グレイズ殿の言う通りだのぅ。アクセルリオン神は、天啓子に適したジョブをお与えになる。たまにお忘れになることもあるがな」

ベアードがニコリと笑いながらファーマの頭を撫でていた。神様はたまに手抜きするらしいが、ファーマのステータスを見ると、与えられた『武闘家』のジョブは最適であると思われる。

今回は神様いい仕事した、とだけ言っておく。

巷で問題児だと言われているファーマが、『天啓子』だったのだ。

普通の人は初期ステータスが平均Fくらい、よくてDなのだが、『天啓子』は最高のS＋が交じってくる。最初期のステータスが偏る分、その他の初期ステータスが育ちにくいが、一定以上育つと、それ以後は爆発的な成長を見せるらしい。

その『天啓子』が生まれることは非常に稀で、しかも冒険者になる確率は、さらに少ないこともあり、とても貴重な存在であるのだ。

ブラックミルズの街には、現在五〇〇〇人近い住民がいるが、『天啓子』がいるとは聞いたことがなかった。今現在、世界でも十数人しかいないと言われている。

「次、私。私も初めて。ステータス更新する」

ファーマが『天啓子』だったことで、同じく上級職スタートであるカーラも『天啓子』の可能性が出てきた。同じように祭壇に昇ったカーラが、神妙な面持ちでベアード神殿長の前に跪く。

「カーラさんも『天啓子』とかいうのかなー。ファーマと同じだといいなぁ」

ファーマが期待に満ちた眼でカーラの姿を見ていた。

ああ、多分カーラも『天啓子』だと思うぞ。

出会ったときは、『天啓子』の可能性を全く考慮してなかったが、上級職スタートであるし、このパーティーは、俺がムエルのパーティーを追放されたことで、呪いの力が発した激運によって引き寄せられたメンバーかもしれん。なんか、そんな気がしてきたぞ。

そんなことを考えている間に、カーラのステータス更新が終わったようだ。ベアード神殿長の顔が先ほどと同じように驚きに満ちていた。

「カーラ殿も『天啓子』であるのぅ……。グレイズ殿に見せてもいいか？」

「グレイズなら、よい」

ベアード神殿長から、カーラのステータスを記した紙が手渡される。

カーラ　エルフ族　一六歳　女性
ステータス
筋力：F　素早さ：F＋　器用さ：S＋　知力：B＋　運：E＋

器用さが最高のS＋か……。魔法系のカーラだから、詠唱速度がMAXになると、支援や回復をすぐに発動させることができるな。『S＋』だと、体感的に無詠唱に近いかもしれない。

最初にダンジョンに潜った際、自分に飛ばした支援魔法は、確かにローマンとは比べものにならないほど速い詠唱速度だった。

アクセルリオン神さんよー。『天啓子』って稀人だって聞いているんですけどねー。なんで、俺のパーティーに二人もいるんでしょうかね？　巷（ちまた）で噂の最低最悪、冒険者の面汚しパーティーなんですがねー。

カーラも『天啓子（てんけいし）』だと知ったアウリースが、俺の袖を引っ張っていた。

「なんだい？　アウリース」

何やら言いにくそうに下を見てモジモジとしている。

「え、えっと。非常に言いにくいんですけど……。実は私も『天啓子（てんけいし）』でして……。皆さん、勘違（かんちが）いされていたので訂正しなかったのも悪いんですが。私、上級職の『魔術師』なんです。ベアード神殿長だけが知っておられることですが……」

下を見てモジモジしていたアウリースが顔を上げると、ベアード神殿長に同意を求めるような視線を送っていた。

「そうでしたな。アウリース殿が、ブラックミルズ唯一の『天啓子（てんけいし）』だと思われたが、二人もおられたとはのぅ。これもグレイズ殿が導かれたのかもしれん。フォフォフォフォ」

俺の秘密を知るベアード神殿長が意味ありげに笑い声をあげているが、眼は笑っていなかった。みんなにはまだ内緒にしているが、俺の呪いの力が発する運が稀人（まれびと）たる『天啓子（てんけいし）』を呼び集めた可能性があった。

いや、でもさ。できすぎでしょ。パーティー全員『天啓子（てんけいし）』って。そんな簡単に存在するってわけでもないんだしさ。大盤振る舞いとかどうなのよ。

「とりあえず、私もステータス更新させてもらいます。ここ最近は色々あったんで、更新できてなくて」

自分も『天啓子』だと告白したアウリースが、カーラと入れ替わるように祭壇にあがる。

「アウリースさんもファーマと一緒の『天啓子』なんだねー。やっぱ、ファーマたちは最高の仲間だー」

「ファーマ、最高の仲間違う。『真の仲間』。神様が与えた運命によって定められた仲間だ。私、そう思う」

カーラがファーマの背後に立つと頭をそっと優しく撫でて、アウリースのステータス更新を見守っていた。

カーラさん、運命によって定められたとか、なんかすごい神様の意図を感じるんですけども。アクセルリオン神さんよー。俺たちに、何かとんでもない大仕事させようとか思っていませんよね？地道に一歩ずつ、成長していく予定だから、突発事態とかダメですからね。

俺は神殿の中に鎮座しているアクセルリオンの姿を模した神像に向けて、祈りにも似た視線を送る。

呪いのアイテムによってステータスMAXになった男一人と、稀人と言われる『天啓子』の女性三人が一つのパーティーに集ったことに、人ならざる者の作為を感じていた。

大概、こういった人外の力や稀人と言われる力を持った者が集まると、大いなる試練という名の『神様からの無茶振り』が下るのが、古今東西の英雄物語の主流だ。とりあえず、無茶振りはお断りさせてもらおう。

俺は神の思惑が絡んでいるような気がしたので、神像に向けて『無茶振りお断り』と祈った。

「これが、アウリース殿のステータスですぞ。また伸びておるのう。成長段階に入った『天啓子』は、よう伸びる」

ステータスの更新を終えた二人が祭壇から降りてきて、ベアード神殿長がアウリースのステータスの紙を手渡してくれた。

アウリース　魔人族　一八歳　女性
ステータス
筋力：D＋　素早さ：C＋　器用さ：B　知力：S＋　運：D＋

アウリースは知力がS＋だった。元々、種族的に魔力回復量が多いが、さらにこれで回復速度が増すし、魔法の威力も高くなる。しかも、器用さのBで攻撃が当たりやすいとまでくると、俺よりも対多数の戦闘では活躍できそうだ。

それと、ジョブも『魔術士』だと思っていたが、音違いの上位職である『魔術師』である。上級職であれば、さらに範囲攻撃魔法や高威力な魔法も使えるので、魔法書さえ購入すれば、圧倒的な後方火力を発揮させてくれるだろう。

「グレイズさん、私のステータスどうですか？　年のわりに結構いい線までいっていると思うんですが。グレイズさんのパーティーに入っても大丈夫ですよね？」

アウリースが、ステータス表を見ている俺を心配そうな顔で見ていた。

「ああ、もちろん大丈夫だ。それにしてもすごいな。『天啓子（てんけいし）』の力がすごいのはもちろんだが、その他のステータスも平均以上だ」

さすが、元Aランク冒険者だけはある。ムエルが引き抜きをかけた前のパーティーでは、ほぼ主戦力を担（にな）っていたと思われるステータスだった。

アウリースはファーマ、カーラと違い、すでに成長期に入った『天啓子（てんけいし）』のようで、ステータスの伸び率があがっているらしい。

前回のステータスを教えてもらってないため比較できないが、このブラックミルズの冒険者たちのステータスを長年見ているベアード神殿長が驚くのであれば、かなりのものであろうと思われた。

「これは、アクセルリオン神のお導きかもしれないですのぅ。そう思いませぬか、グレイズ殿は？」

ベアード神殿長は俺の力のことも知っているし、アウリースのことも知っていた人物だ。しかも、噂では神の声も聞けるらしい。もしかしたら、神様から何か聞いているのかもしれなかった。

「あー、やっぱり、そう思います？　まあ、でもまだ駆け出しパーティーなんでボチボチやりますよ。あ、これはステータス更新のお礼です。お受け取りください。今度また顔を出しますんでー。さあ、みんな家に戻るぞー」

頼み事をされそうな気配を察し、それから逃げるため、ステータス更新をしてもらった三人分の寄進三〇〇〇ウェルを手渡すと、足早に神殿を立ち去ることにした。

突然、神からの啓示が下（くだ）った、今からこの四人でダンジョン主を退治して世界を助けるようにとか言われたら、かなわんからな。

第四章　絆

グレイズの野郎、ふざけやがって……。顔面の骨が粉々に砕けたおかげで、しばらくオレたちパーティーは深い階層に潜れねぇぞ。クソがっ！

オレはグレイズの放ったまぐれパンチのせいで、拠点にしている屋敷のベッドでの安静を余儀なくされていた。ローマンによれば、顔の骨、特に鼻骨が粉々に砕けているらしい。

痛みがとにかく耐えられないものであったため、ローマンには最高級の魔力回復ポーションをがぶ飲みしてもらい、骨を再生させるべく回復魔法をかけ続けてもらっていた。

おかげでなんとか耐えられる痛みになったが、顔は包帯だらけになっている。

本当なら、ローマンよりも腕のいい回復術士に頼んで傷を癒したかったが、Sランク冒険者のオレがこんな格好をしていると、冒険者や街の連中に知られるわけにはいかない。

「ううう、お尻が痛い」

隣で一緒に安静にしているミラの方も、グレイズに叩かれたことで尻の骨にひびが入り、腫れがまだ引かないため、オレと同じくローマンの治療を受けている。まぐれパンチでオレをのしていい気になったグレイズの野郎が、ミラに対しても懲罰と称してやったらしい。

忌々しいお荷物係だったおっさんが、説教くさいセリフを吐いていたが、女の一人や二人不幸になろうがオレの知ったことじゃねえって話だ。こっちはブラックミルズで一〇パーティーしかいないSランクパーティーのリーダー様だぞ。オレは特別な存在なんだ。

そのオレがおっさんなんかに従う必要がどこにあるんだ。ふざけやがって！

クソ！　イラついてきたら、グレイズのしたり顔が脳裏に浮かびやがる。

『商人』のラッキーパンチがまぐれでいいところに入っちまっただけなのに、ローマンの野郎は『グレイズにはもう関わるな』とか言いやがる。Sランク冒険者で『戦士』であるオレが、『商人』のグレイズにワンパンで沈められたという事実は存在しちゃならねぇんだ。クソっ！　クソっ！

クソがぁああっ!!

グレイズへの苛立ちが最高潮に達して、ベッドから起き上がる。怒りのままに手近にあったテーブルを蹴飛ばすと、テーブルは壁に当たって砕け散った。

「ふぅう、ふぅう、グレイズぅぅう!!」

「ムエル、落ち着きなさいよ。振動があたしのお尻に響くわ！」

隣で寝ていたミラが、怒り狂っているオレに文句を垂れる。

怪我をして以来、常に一緒のベッドで安静にしているので、うっとうしいこと、この上ない。

「落ち着けるかっての！　あいつのせいで、こんな顔にされたんだぞ。鼻が曲がって骨がくっついたんだ！」

ローマンの回復魔法では骨の再生が不十分であったようで、痛みこそ引いてきたが、包帯の中の顔は鼻骨が見事に曲がってくっついていた。

ローマンが言うには、骨がくっついたため、曲がりを解消するのは不可能らしい。その事実も、オレの怒りを増大させることになっていた。

「大丈夫、落ち着きなよ。あたしもあいつに尻を叩かれて、痛みにのたうちまわっているから、腸は煮えくりかえっているのよ。だからあいつには、それ相応の報いを受けてもらわないと」

オレを諭したミラは憎しみに染まった瞳を見せていた。その瞳に、背筋がゾクリと冷える。この女の怖い裏側が垣間見える瞬間だ。

「相応の報い？　何をするんだ」

「耳を貸して」

言われるままに、ミラに耳を近づける。そして、ミラの策を聞いたオレは、すぐさま協力することに決めた。

あの野郎に復讐してやるぜ。クソグレイズを抹殺した上、オレたちの名も上がる。こんなにいい手があるとは思わなかったぞ。

オレに恥をかかせたグレイズに地獄を味わわせてやれると聞いて、心が沸き立ち、今すぐに準備を始めたい衝動を抑えられなくなる。

「ミラっ！　すぐに準備するぞ！　早く着替えろ！」

オレはまだ少し痛む顔の包帯を急いで解きながら、ミラへ着替えるようにと命令していた。

「待ちなさいよ。ちょっとムエル。いたた。待ちなさいって」

ベッドから出たミラが痛みに顔をしかめつつも着替えを始める。その様子を見ながら、オレも外出するための身支度をした。

あの野郎を絶望の淵に落とした上で抹殺してやるぜ。待ってろよ。グレイズ！


グレイズをハメるための諸々の準備を終え、ミラを引き連れてきた先は、ダンジョンの第二階層だ。Ｓランク冒険者のオレたちなら、探索する価値のない低階層である。その第二階層の奥にある誰も来ない広い空洞に、オレたちは来ていた。

「ゴブリンはこれぐらい集めればいいか？」

半殺しにして縛って連れてきたゴブリンを、空洞に持ち込んだ檻に放り込む。ゴブリンはこの階層だけでは足りなかったので、下の階層で生成されたゴブリンたちも捕らえ、雌雄の数を揃えて檻の中にぶち込んでいた。

その数、一〇組だ。餌をたんまり放り込んであるので、後二～三日すれば勝手に子供が増えているはずだ。ダンジョンでのゴブリンの繁殖力はすさまじいからな。

「そうね。それくらいでいいわ。あとは檻を開いて、この壺をココに放置しておけば、このゴブリンたちが勝手に割ってくれるはずよ」

ミラが手にしていたのは、以前の探索で発見したこともある封印の壺だった。ダンジョンの魔物を封じ込めておくための捕獲道具として、冒険者ギルドが買い取ってくれる魔法の品である。一個二〇〇万ウェルほどで販売されているが、今回オレたちが持ち込んだのは、すでに中身が入っている物である。

中層階のラストボスであったゴブリンキングを封印した物が売りに出ていたのだ。もちろん、表に出ている品物ではない。ミラの伝手を使って、禁制品を扱う闇市から手に入れた物だ。

価格は壺代二〇〇万ウェル、中身のゴブリンキングに一八〇〇万ウェルの値が付けられ、総額二〇〇〇万ウェルとの値が示されたが、俺たちはグレイズを抹殺できるならと即決した。

たかが『商人』でしかないグレイズが、中層階のラストに居座り、オレたち以外は複数パーティーでやっと退治できるほどのゴブリンキングを倒せるわけがない。それに、オレを袖にしたアウリースのやつも一緒に抹殺できるなら、安いもんだ。

あいつの仲間たちには悪いが、あんなやつとパーティーを組んだのが運の尽きだったと諦めてもらうしかないな。どうせ、クソみたいなFランク冒険者が二人くらい死んでも、誰も困らないけどな。

オレは、ミラが手にしている封印の壺を見て、暗い笑いがこみ上げてきた。

こんな残忍な手段を取らせた元凶は、パーティーのリーダーであるオレをコケにし続けたグレイズだ。あいつが自分の立場をわきまえていれば、こんな犯罪まがいの手段で葬ることもなかった。だが、あいつはオレの築き上げたプライドに泥を塗りやがった。生かしておくことはできねぇ。

ミラがゴブリンたちの檻の近くに、ゴブリンキングの入った壺を置く。

「あとは、あたしの伝手を使って、他人からゴブリン討伐の依頼を冒険者ギルドに出させ、グレイズが受けるようにすればいいだけよ。冒険者ネットワークも使って、第二階層のゴブリンの巣討伐は絶対に受けないでと広めておくし、近づくなと伝えておくわ」

「そうだな。ゴブリンの巣の討伐依頼を誰も受けなかったら、すぐにアルマがグレイズに泣きつくだろう。グレイズのことだからアルマに頼まれれば、嫌とは言うわけねぇな。これであいつらのパーティーも終わりだぜ。フフフ」

グレイズを抹殺するためだけの罠なので、余計な犠牲を出すつもりはない。ミラの持つ上級冒険者ネットワークから冒険者たちに指示を出せば、ゴミみたいな駆け出し冒険者以外は引っかからないだろうと思う。

「ゴブリンキングがグレイズたちを殺した後で、あたしらがそれを達成すれば、ウェルも稼げるってこと。まあ、出費が出費だから赤字だけどね。グレイズたちが消えるなら安い出費よ」

ミラも、この場所でこれから起こるであろう惨劇を想像し、暗い笑いを浮かべていた。

「後は、あいつらがこの空洞に侵入して一定時間したら入り口が崩落するように爆薬を仕掛けておくだけね」

空洞に繋がる唯一の出入口の上に、ミラが巧妙に偽装した入室感知時限式の爆破トラップを仕掛ける。こういった罠設置に関しては、天才的な悪知恵が働く女なのだ。その手腕が魔物に向けられているため、今まではあまり気にしなかったが、今回は人に向けられると思うと、背筋が冷たくなる。

だが、これもオレを小馬鹿にしているグレイズを葬るためなら、心強く思えた。

オレたちは爆弾の設置を終えると、ギャアギャアと叫ぶゴブリンの檻の扉を破壊し、滅多に人の入り込まない第二階層の空洞を足早に立ち去った。

■

なあなあ、ちょっといいか？　俺が立ち上げたパーティーに参加してくれた三人が、実はとんでもないレア冒険者だった件は覚えているよな？

『わふぅ。ああ、グレイズ殿おはようございます。あー、みなさんが稀人の「天啓子」だったという話のことですか。あたしもそんな匂いがしたなと思っていたんですよねー』

そうそう、稀人の『天啓子』ってやつさ。でもさ、そんな話を公にすると、冒険者ギルドのお偉いさんが飛んできて、やれ『ダンジョン主退治』だ、『異常繁殖した魔物退治』だって、いろんな無茶振りがくる可能性があるんだ。

『そうですよね。有能な人は色々とお願いされますから。いいように使われるかも』

お前もそう思うだろ。だから、三人には神殿からの帰り道で、『天啓子』であることはしばらく秘密にしておくように口止めしといた。俺と同じように侮られている間、実力と資金を養い、育ってから公表した方が無難であると思うんだわ。

三人は俺と違って、若くて将来のある子たちだから、いずれ栄誉は受けた方がいい。

『三人とも若いですからね。色々と成長してからの方がこちらも都合がいいですが』

ん？　都合がいい？

『ゲフン、ゲフン、あたし何か言いましたかね。最近寝ぼけていることが多くて。そんなことより、グレイズさんは有名になりたいとか思わないんですか？　ほら、Sランクパーティーのリーダーになったら有名人ですよ』

有名にかぁ……。俺はほら、おっさんだし、ただ後天的に呪いを受けたせいで強くなっているだけだし、なにせ『商人』でしかないからさ。栄誉が欲しいとか有名になりたいとかないな。ゆくゆくは冒険者として大成するはずの三人を、資金面で後援する形になっていくと思うぞ。

まあ、アウリース以外は、まだまだ駆け出しだから、しばらくは一緒に探索するけどな。

『はぁー、グレイズ殿はせっかく圧倒的な力を持つ人なのに……。世が世なら「勇者」って言われる人になれる実力があるじゃないですか』

え？　俺が『勇者』と言われるだって？　いやだからさ、俺は『商人』だって。そもそも『勇者』ってジョブは、この世界にないぜ。

『あたしもそれくらいは知っていますよ。でもグレイズ殿ならきっとそう言われそうな気がします』

『勇者』ってのは、世界中の誰もが恐れおののく大困難に、勇気をもって怯むことなく立ち向かい、偉業を成し遂げた者、または成し遂げようとしている者に対する敬意を表す呼称として用いられるんだぜ。俺にそんな勇気はねぇよ。力に怯える小心者さ。

まあ、話が逸れたが、つまり俺たちは現状、あまり目立たずに粛々と探索をしたいってわけさ。

『でも、神殿長には知られちゃいましたよ？』

ベアード神殿長にも、別れ際に三人のことは黙っておいて欲しいと頼んである。頼んだときに、いやにいい返事をしていたのがとても気になるのだが、黙っていてくれると言ったからには、俺の呪いの力と同じように黙っていてくれるだろう。

それに、そもそもステータスに関しては、個人の能力ということで、神殿には守秘義務があるのだ。

『え？　ステータスって勝手に見たら怒られるんですか！　グレイズ殿は見ていましたよね？』

ありゃあ、本人の許可取っただろうが。神から示された冒険者の個人ステータスを勝手に見るのは罰せられる可能性もあるからな。パーティーによっては、ステータス開示を義務付けているところもあるが、そういったところは、あまり応募者が来ないんだぞ。ステータスは、取り扱いに注意しないといけないんだ。大事な個人情報だしな。

『へえ、そんな大事な情報をみなさん簡単にグレイズ殿に見せていたんですね。それだけ、グレイズ殿が信頼されているということですか』

ありがたいことにな。そうみたいだ。だから、俺はあの子たちの信頼を裏切らないように頑張らないといけないと思っているさ。おや、そうこうしているうちに、冒険者ギルドに着いたな。また、あとで話し相手になってくれ。

『はいはいー。では、あたしは一旦休憩しまーす』

声の主はいつものごとく気配を消した。時を同じくして、冒険者ギルドの窓口にいたアルマが俺たちの方に駆け寄ってきた。

「グレイズさん！　大変なんです～！　できちゃったんです！　できちゃったのぉ!!　どうしよう」

アルマの発した言葉に、周囲の冒険者たちがざわつく。

『グレイズのやつ、アルマを……』『なんだ、痴話喧嘩か』『今度は誰だよ』といった好奇の視線が俺に降り注ぐ。ちなみに俺は身の潔白を主張させてもらうぞ。脳味噌が腐ってない限り、アルマとそういったことをした記憶はまったくない。

むしろ、していたら冒険者を辞めて身を固めているさ。責任は取らんといかんからな。

けれど、背後に控える三人からも熱視線が浴びせられる。

「グレイズ、アルマ、言うこと本当？」

「カーラさん、アウリースさん、アルマさん何ができたの？　ねぇ？　ねぇ？　ファーマ気になるの―」

「ファーマちゃんは、まだ知らなくていいですよ。もう少し大きくなったらちゃんと教えてあげますから」

「ち、違うぞ。そんな記憶はこれっぽっちもない」

焦る俺や三人の態度を見て、アルマも自分が何を言ったのか理解したようで、顔が真っ赤になっていた。そして、慌てて手をブンブン振ると、前言を否定した。

「ち、違います。そういう意味じゃなくて。いや、そうなるなら嬉しいんですけど……。ち、違った。実は第二階層にゴブリンの巣ができちゃったんですよーって言いたかったんですぅ」

アルマが、自分の伝えたかった情報をきちんと伝えると、冒険者ギルド内のざわつきもおさまっていく。そして、背後の三人からのプレッシャーも消えていた。

「アルマ、紛らわしい。でも、グレイズ、好き、了解した」

「アルマさんも、ファーマの仲間？」

「そのようですね。まあ、分かります。グレイズさんですしね」

「はわわ！　違います。違わないんだけど、違いますって言わせてくださいぃぃ！」

涙目のアルマが、背後で何かを納得している三人の口を慌てて押さえている。

ふむ、そうだったのか。商店街の連中に頼んで、独身のアルマへの結婚を勧めてもらっても色よい返事がなかったわけだ。謎が解決できたぞ。なるほど、そういうことだったのか。

まさか、例の賭け事にアルマも入っていないだろうな。入っていたら、俺がいつか刺されて死ぬパターンだな。これは色々と身を慎まねばなるまい。とりあえず、今回はスルーしておくのが大人の対応だろう。

俺は話題を変えるために、アルマが伝えてきたゴブリンの巣について聞くことにした。

「あー、すまんな。話を戻すとしよう。それで、第二階層にゴブリンの巣ができたらしいが、誰も受けないのか？」

「グレイズさぁ～ん。そうなんです。みんな、下に潜りたがって、第二階層って聞いただけで『チェンジ』って言うんですよー。酷くないですか」

確かに第二階層のゴブリン退治など、駆け出しパーティーの受ける依頼だ。

ドロップする物もたいしたことはないし、ゴブリンは数だけは多いので、討伐に時間がかかる。しかも、今回はより多くいると思われる巣の存在まで確認されていると聞かされたら、まずどのパーティーも受けないだろうな。

だが、ゴブリンの巣を放っておくと、第二階層の魔物を餌(えさ)に大繁殖して、第一階層、さらには地上にまで溢(あふ)れてくる危険性があるのだ。冒険者にとっては雑魚(ざこ)でも、街の一般の住民には大迷惑な存在になる。なので、すぐさま依頼を受けることにした。ファーマやカーラの実戦訓練にはちょうどいい相手だと思うし、アウリースの魔法の腕も確認できる。俺たちにとってはいい腕試しになる依頼(クエスト)なのだ。

「おっけー。誰も引き受けなそうだから、その依頼受けるよ。あと、ゴブリン関係の納品依頼はあるか？」

沈んでいたアルマの顔が、パッと明るくなる。本当に困っていたようだ。

「ま、待っていてください。今探しますから」

窓口の奥に消えたアルマをしばらく待つと、依頼書を携えて戻ってきた。

「ありましたよ。グレイズさんのパーティーで受けられる依頼だと、ゴブリンの爪の納品とゴブリンの牙の納品、あとゴブリンの血の納品もありました。それと、ゴブリンの生け捕り依頼も。どうします？」

「生け捕りか。いいよ。それも受けよう。爪と牙と血、あと生け捕りな。それで、あとは巣を完全破壊でいいね」

「ええ、それで大丈夫です。爪が五個納品で二〇〇〇ウェル、牙も五個納品三〇〇〇ウェル、血が一〇個で三〇〇〇ウェル、生け捕りが四〇〇〇ウェル、巣の破壊が五〇〇〇ウェルの報酬となっています。全て達成すれば、総額一万七〇〇〇ウェルとなりますよ」

アルマが依頼料の総額を計算していく。

総額一万七〇〇〇ウェルか。まあまあ、低ランク依頼にしては稼げそうだ。みんなの経験を積むのと、パーティーランクを上げるため、ゴブリン退治を頑張るか。

「おっけー。それでいいよ。納品期限とかある？」

「全部フリーになっていますよ。いつでも冒険者ギルドに持ち込んでくださって大丈夫ですよ。巣の討伐は早めにして欲しいですが」

「了解。今日潜って様子見てくるわ。そこで、そのままいけそうなら討伐してくる。危なそうなら、再度準備を整えてアタックするよ」

「グレイズさんにはお願いばかりで心苦しいですが、気を付けてくださいね」

「おう、油断はしないさ。さあ、行くか」

俺はゴブリン討伐及びゴブリンのドロップ品の納品依頼をまとめて受けると、みんなとともに様子を見るため、ダンジョンに潜ることにした。


ゴブリン討伐の心得、其の一。

雄を一体も残すな。一体でも生き残っていると、そいつがすぐに雌個体を掴まえて三〇体の子供を作る。発見し次第即殲滅せよ。

ゴブリン討伐の心得、其の二。

罠に気を付けろ。知性は低いが、獲物を狩ることには知恵が回る。特に、巣の周囲は罠が多い。

ゴブリン討伐の心得、其の三。

けっして一人では討伐に向かうな。一体では弱いが、数が増えれば力を増す。ベテランですらソロ討伐で命を落とすこともある。油断するな。

ゴブリン討伐の心得、其の四。

明かりを絶やすな。ゴブリンは夜目が利くので、暗闇はやつらの得意とする場所。常に明かりを絶やさずにいるべき。

ゴブリン討伐の心得、其の五。

女性は露出度を抑えた服装を心がけるべきである。やつらは繁殖相手として雌個体ならなんでも襲うが、特に人の女性を好む。万が一に備え、露出は最小限にして相対するべき。


以上の五つが、俺がゴブリンとの戦いで得た教訓だ。ムエルたちのパーティーでも、最初はゴブリンを狩っていたからな。

あいつらの繁殖力は尋常じゃない。放っておくと他の魔物を集団でタコ殴りにして餌にし、勝手に増えていくのだよ。しかも、今回は大量のゴブリンが寝起きする巣の存在まで確認されている。繁殖スピードはものすごいことになっているだろう。

俺たちは探索の準備を整えると、ダンジョンの入り口に到着し、今日の目的を皆と確認することにした。

「というわけで、今日はゴブリンの巣の様子を確認することにした。ゴブリン単体はそんなに強くないが、群れると危険度は上がるからな。安全第一でいこう」

「はーい。ファーマも頑張(がんば)るー」

「了解、私、支援、回復任せろ」

「ゴブリンの相手は慣れていますから、露払いはお任せください」

三人ともやる気は十分だ。駆け出し冒険者の中でもゴブリンと戦うのを嫌がる者が多い。実入りは少なく、戦いづらい面倒な相手だからだ。なので、依頼(クエスト)でも冒険者たちは受注しなくなるのであった。まあ、だからこそアルマが泣きついてきたわけだ。

「今回もフル装備だからな。重たいけど頑張(がんば)っていこう」

「「「はいっ！」」」

今日の巣の偵察だけなので本当なら日帰りで帰ってこられるのだが、探索や野営の経験が不足しているファーマとカーラたちの経験蓄積を兼ねて、前回同様フル装備で潜るのだ。

なお、アウリースにもフル装備の探索を経験してもらうため、みんなと同じくソロ探索フル装備セットで潜ってもらう。

入り口の守衛さんに、目的と帰還時間の紙を提出すると、俺たちはそれぞれの荷物を担(かつ)ぎ直し、ダンジョンに潜っていった。


ダンジョンに入ると、アウリースに魔法の光(ライト)を発動してもらう。

魔法の光（ライト）は一定期間パーティーの周囲を漂い、明るい視界を提供してくれる大事な光源だ。発動持続時間内であれば、水や風によって消えることのない、一番安心できる光源でもある。

ただ、魔法の光（ライト）は時間制限があるため、いきなり消える可能性もあるのだ。その際、真っ暗闇にならないように、予備光源として各人でランタンを点灯させていた。

灯りの整備がされていないダンジョン内で光源がなくなるのは、恐怖でしかない。どんなに強い冒険者も視界がなければ、魔物に食い殺されてしまう。それくらい探索において光源は重要なのである。絶対に絶やしていけないのだ。

そんな頼りになる光源である魔法の光（ライト）を灯しながら、ファーマ、俺、カーラ、アウリースという順番で進んでいく。初心者二人をベテラン二人でカバーする態勢だ。

第一階層は、この前綺麗（きれい）にしたばかりなので特に魔物の姿はなく、早々に第二階層に下りる階段を見つけた。階段を下りた先にある第二階層は、より一層かびくさいにおいが広がっている。

魔物の出現頻度（ひんど）は第一階層とあまり変わりがないが、ゴブリンをはじめ、巨大蝙蝠（ジャイアントバット）や巨大鼠（ジャイアントラット）などが出てくるのだ。どれも脅威（きょうい）となるほどの魔物ではないが、多数に囲まれれば怪我（けが）をする可能性はある。

目的地のゴブリンの巣がある第二階層に入ったことで、もう一度皆に注意を促しておくことにした。

「巣のだいたいの位置はアルマから教えられているが、警戒や餌集めに出ているゴブリンがいるかもしれん。気を付けていこう」

探索にまだあまり慣れていないファーマとカーラは緊張しているようだが、それでも油断なく辺りを警戒して慎重に進んでいた。すると、すぐに通路の奥から魔物の気配が感じられた。

「いる！　魔物だよ。気配は二つかな」

ファーマがすぐに気配を察し、警告を発している。さすが、気配に敏感なファーマで、俺と同じタイミングでの気配察知であった。

「偵察のゴブリンかもしれん。戦闘準備」

「承知。ファーマ、攻撃を当てやすくする支援、飛ばす」

「ありがとー。カーラさん」

「私はファーマちゃんを援護攻撃できる位置に移動します」

それぞれが戦闘に備え、動きを速める。役割は事前にみんなで話し合って決めてある。ファーマが前衛で敵を攪乱しながら攻撃、カーラは回復支援に専念、アウリースは後方から魔法攻撃、と割り振っておいた。俺はフリーで、パーティーへの危機を刈り取る仕事に専念することにしてある。

皆の戦闘準備が終わったところで、通路の奥から敵の姿が見えてきた。魔物はゴブリンであった。手には餌にするつもりなのか、巨大鼠を引きずっている。

「ギヤアアアァォオ！」

俺たちの存在に気付いた二体のゴブリンが、引きずっていた巨大鼠(ジャイアントラット)を捨て、こちらに向かって敵意を剥(む)き出しにした。

「グレイズさん、前に出ます！」

「無理するなよ」

カーラの援護を受けたファーマが、放たれた矢のように飛び出していく。初見とも言っていいゴブリンが相手だったが、心配は無用だった。なぜならゴブリンの振るった手斧が空(くう)を切り、カーラの支援魔法で命中率の上がったファーマの爪が、ゴブリンの身体を引き裂いていったからだ。ゴブリンは彼女のスピードについていけなかったようだ。

「完了した。ファーマ、すごい子」

「鮮やかに倒しましたね。援護の必要はなかったですし。ファーマちゃんも動きが駆け出しとは思えませんね」

「おう。余裕の大勝利だったな。カーラの支援で当たりやすくなっていたのもあるけどな。スピードは完全にゴブリンごときじゃ捉えられない動きだった」

ゴブリンたちが引きずっていた巨大鼠(ジャイアントラット)にもトドメを刺し、ドロップ品に変化させる。それにしても、カーラの支援魔法が入るだけで、ファーマの戦闘力は飛躍的に上がっているようだ。装備を更新して爪に毒が付与されているとはいえ、当たればかなりのダメージが与えられるようになった。

「まだ、いっぱいいるのかなー」

「多分、まだいっぱいいますよ。一つ巣があると最低十数体はいるはず」

「アウリースの言う通り、こいつらは偵察兼餌（えさ）集めに出たやつらだと思う」

「アウリース、範囲魔法、巣にぶちこむ、楽勝」

策士カーラが考え出したアウリースによる殲滅（せんめつ）作戦を実施すると、依頼（クエスト）不達成が一つ発生してしまう。そう、生け捕りを忘れているのだ。依頼の不達成はパーティー評価に響くことになる。とりあえず、アウリースの火力をぶっ放すのは、今回は自重しとこうか。

生け捕り依頼（クエスト）を忘れているカーラに注意を促す。

「生け捕りがあるのを忘れないようにな」

「そうだった。生け捕り、あった。範囲魔法、ダメ、策を練り直す」

カーラも依頼（クエスト）の内容を思い出してくれたようだ。

ダンジョンの中では、戦闘による興奮で、細かいことまで気が回らなくなることもあり、そういった小さなミスの積み重ねが、やがて大きなミスを招く。重大ミスを防ぐ意味も兼ねて仲間同士の声の掛け合いは重要であるのだ。

「偵察が出ているとなると、かなりの規模の巣な気がするな。みんな気を引き締めていこう」

「気を付けるのー」

「承知、慎重に探索する」

「心得ました。罠(わな)や奇襲も気を付けていきましょう。ゴブリンの巣には色々と仕掛けてあると思った方がいいです」

俺が声を掛けると、みんなも再び気を引き締め直していた。

退治したゴブリンと巨大鼠(ジャイアントラット)のドロップ品をしまい、隊列を組み直すと、アルマから渡されていた地図に示された地点を目指すことにした。

探索をしながら、俺は駆け出しのファーマやカーラに対して、ゴブリンについて軽く説明をしながら歩いていた。

「いいかー。まずゴブリンの種類からな。ゴブリン、ゴブリンウォーリアー、ゴブリンアーチャー、ゴブリンシャーマン、ホブゴブリン、ゴブリンロード、ゴブリンキング、ゴブリンエンペラー、とゴブリンだけで八種類もいる。強さでいけば、ゴブリンキングやゴブリンエンペラーは、中層階のボスクラスの強さであるし、その下のゴブリンロードも中層階に出現する強敵クラスだ」

「ゴブリンキングはAランク五パーティーで組んでなんとか討伐できましたね。単体パーティーで討伐に成功したところだと、グレイズさんのいたあの『白狼(ホワイトウルフ)』くらいですよね。中層階から深層階へ繋がる扉を守っていますし、普通は深層階に潜る実力のあるパーティーが複数協力して退治するくらい強力な魔物でした。エンペラーは会ったことないですけど」

元Aランクパーティーにいて深層階まで潜ったことがあるアウリースが、ゴブリンキングの強さを力説してくれた。同じゴブリンでも強さに天と地ほどの差がある。

「へええ、そんなに強いゴブリンさんもいるんだー。ここには出てこないよね？」

ゴブリンキングの強さを聞いたファーマが、不安そうに周囲の気配を探っていた。

「ファーマ、ここ第二階層、ゴブリンキングなんて出たら大変」

「そういうこった。深い階層にしか出ないから安心しろ。低層階のゴブリンの巣なら、ホブゴブリン、ゴブリンシャーマン、ゴブリンアーチャー、ゴブリンウォーリアー、ゴブリンといった敵くらいまでだろうさ。深い階層の巣では、ロードやキング、エンペラーたちのもとで配下として集団生活を送ったりしているやつらさ。けど、低層階でははぐれゴブリンとして生成されることも多いぞ」

「グレイズさんの言う通り、低階層で生成されるゴブリンたちは、能力的には単体では強くありません。けど、数が多いとかなり苦戦するため面倒ですね。そして階層が深くなるごとに、巣のリーダーは強い個体へと変わっていくようです」

アウリースも深層階まで潜った冒険者なので、色々と経験してきている様子であった。

「まあ、今回は第二階層だからな。巣のリーダーと言っても、ゴブリンかゴブリンウォーリアーくらいだろうさ。油断はしちゃいけないが、不安がる必要もないと思うぞ」

「はーい！　グレイズさんがそう言うならきっと大丈夫だよね」

不安がっていたファーマが元気を取り戻すと、探索を再開する。やがて、地図に示された地点に近づいたら、前方に広がる空間にランタンの灯りが揺れるのが見えた。それと同時に、低階層ではあり得ない気配を発する魔物の存在を察知することになった。

「はっ！　グ、グレイズさんっ！　奥からなんかすごく怖い気配がするよっ！」

「ファーマ、どうした？　震えている」

「グ、グレイズさんもどうされました？　眉間（みけん）に皺（しわ）が寄っていますが……」

前方の開けた空間にチラつくランタンの光に一瞬だけ照らされた魔物の姿を見て、全身に冷たい汗が流れ出していた。

ゴブリンキング……。ゴブリンの最上級種がいた。この低層階でも入り口と言っていい第二階層にだ。

おまけに、俺たちより前に広い空洞に入った駆け出しらしいパーティーが、ゴブリンたちに襲われて、全滅寸前にまで追い込まれている状況まで見えた。

最悪って断言できる状況に、ファーマやカーラたちには、荷が重いかなとの思いもよぎったけど、俺には眼の前で襲われている全滅間近のパーティーを見捨てることはできなかった。

　俺が前に出てゴブリンキングを押さえ込んで、みんなに援護してもらえば、前のパーティーを逃がす時間くらいは稼げるはずだ。

「みんな戦闘準備。悪いが、最悪なことにゴブリンキングがいるけど前にいるやつらを助ける。ファーマ！　俺も前に出るから、一緒に前のやつらの脱出援護。この付近は罠も設置してあるかもしれん。足元にも気を配るように。あいつらを救援したら速攻で逃げる。こいつは、俺たちが戦うべきレベルの魔物じゃないからな」

「ううぅ。怖いけど、グレイズさんと一緒なら大丈夫！　気を付けるー。あの子たちを助けるのが最優先だね」

「ああ、そうだ。逃げ出す時間を俺たちで稼ぐ」

　カーラの支援魔法を受け取ったファーマが、魔法の光を纏い輝いている。

　本当ならこんな危ない戦いに巻き込むのは気が引けてしまうのだが、彼女の素早さであれば、敵を捌き切れると信頼し、俺も敵を引きつけるために前に出ることにしていた。

　俺に与えられているステータスＭＡＸの力は、こういった緊急事態にこそ発揮するべきだと思う。

　ゴブリンキングがいると理解したカーラもアウリースも、顔に緊張を漲らせていた。

「カーラは回復専門。あと、逃げ出したあいつらを保護してくれ。アウリースは作戦変更して、範囲魔法で雑魚を薙ぎ払ってくれ」

「承知、回復、任せろ」

「分かりました。雑魚の掃討は私にお任せを」

脱出路となる広間の入り口に残るカーラとアウリースにも、役割をきちんと伝えておく。

俺が前衛に出るため、あとの指示は出せなくなるからだ。

「俺もファーマと前に出る。囮役くらいはこなしてみせるさ」

「グレイズさん？　戦えないのに大丈夫ー？」

「グレイズ、真ん中で指揮執る。前衛、危ない」

「私はグレイズさんも前衛に上がることに賛成です。ファーマちゃんを援護してくださると負荷が減るかと」

ファーマとカーラは俺が前衛に出ることに否定的だったが、俺の能力の一端を知るアウリースは賛成してくれた。

ゴブリンキングくらいなら、腕輪を外せば辛うじてソロで討伐できるので、逃げ出す時間を稼ぐ程度は、なんとかできるはずだった。

「状況が切迫しているから仕方ない。今は俺の心配より、眼の前のパーティーを逃がすのが先決だ。気を付けていくぞ」

半ば無理矢理に話を打ち切って、ゴブリンの巣となっている場所へ向かった。

「ワレヲ、トジコメタノハ、オヌシラカッ！」

他のゴブリンに対し、数十倍の体躯を持つゴブリンキングが大きな槍を横薙ぎに振るう。

「おげううるぶぁ」

ゴブリンキングの繰り出した槍先がぐしゃりと肉の潰れる音を出したとき、戦士のいで立ちをした男が肉塊に変わった。

「イヤァあああ!!　リックぅ！！！」

探索者の装いをした女性の悲鳴が、ダンジョン内に響き渡る。彼女自身も、すでにかなりの深手を負っており満身創痍であるが、他の仲間に抱えられ、半ば引きずられるようにこちらに向かっていた。

「おい！　援護するから入り口まで走れ！　入り口にはうちの『精霊術士』が待機している。そこで、傷を癒せ!!」

こちらに気付いた回復術士の男に、そう伝えた。男はコクンと頷くと、引きずっている探索者の女性と、茫然としている魔術士の女性を引っ張り、懸命に入口に向け駆け始めた。

「よし、ファーマ。俺と二人で敵をひきつけるぞ。絶対に油断するな。ゴブリンキングの攻撃は一発でも当たれば致命傷になるから、俺が引きつける。ファーマはアウリースがやり損ねたゴブリンの処理を頼む」

ファーマにゴブリンの処理を任せ、俺は槍に付いた血を振り払っていたゴブリンキングに向き直る。

「分かったよ。ファーマがいっぱい頑張るから、グレイズさんは、そこで見ていて」

心配そうな顔でこちらを見ていたファーマの背後に魔物の影が迫る。咄嗟に拾い集めていた小石を取り出し、ファーマに襲いかかろうとしたゴブリンに向け撃ち出した。

「ファーマ！　気を抜かないでくれ！　ここはダンジョン内だ」

空気を引き裂く音をまとって撃ち出した小石は、ゴブリンの顔面を爆ぜさせた。

「グレイズさん？　今の小石」

ファーマはその動体視力の良さで、俺が小石を撃ち出したところが見えたらしい。

「説明は後だ。今は時間を稼ぐのが先決だ。いくぞ」

「あ、はい。あとでちゃんとファーマに分かるように教えてね。約束だよー」

最初は自分の持つ呪われた力のことを黙っておこうかとも思った。だが、ファーマたちなら、俺の能力のことを見てもドン引きすることはないのでは、と考えはじめていた。

俺の思い込みでなければ、という但し書きが付くけどな。

「ああ、カーラにもファーマにもちゃんと話す」

そう言うと、ポケットから取り出した小石を次々とゴブリンに向けて撃ち出していく。

一方、ファーマも自分に群がってきたゴブリンを一気に爪で引き裂いていた。その姿は、まるで舞踏を踊っているかのように無駄がなく、見ている者を魅了する素晴らしい体捌きだった。

ファーマを追放したパーティーは本当に見る眼がないやつらだ。適切な支援、適切な指示を出してやれば、新米戦士よりも何十倍も頼りになる前衛になったのだ。それを頭が悪く、物覚えが悪いという理由だけで追放するのは、人の中身を全く見てないのに等しい。

おっと、あまりにファーマの戦う姿が素晴らしかったから、思わず語ってしまったが、今はゴブリンキングの動きを止めるべきときだった。

「ファーマっ！　アウリースの援護くるぞっ！　誤爆に注意！」

「はーい！」

俺たちが前衛で時間を稼いでいる間にも、アウリースの範囲魔法が、巣の周囲に飛来する。

範囲魔法である火球が降り注ぐ――地面に落ちた火球が周囲に発生させた爆風と熱風によって、ゴブリンたちに死の連鎖を広げていた。

だが、きちんと俺たちのエリアだけは外してあり、それ以外の場所にいたゴブリンたちは黒焦げになって、次々に消え去っていった。さすが、アウリースは元Aランク冒険者だけのことはある。

後方からの援護も安心できるレベルの精密さだった。

「アウリース！　ナイス援護！　助かった！」

入り口付近にいたアウリースが、俺の誉め言葉に杖を上げて応えてくれた。

敵の数が一気に減ったので、アウリースは逃げのびたパーティーの救護に入ったカーラを守るように距離を詰めていた。

「ありがとうございます！　カーラさんの救護はもう少しで終わりますよ！」

「おう！　了解した」

逃げのびたパーティーの方にチラリと視線を送ると、カーラの回復魔法で傷を癒していた。彼らの撤退が始まったら、前衛として巣に居座る俺たちも撤収準備を始めないといけない。

それにしても、このゴブリンの巣に関しては編成がおかしすぎる。ゴブリンの直接のリーダーがゴブリンキングなんて、今まで一度も見たことがないぞ。

第二階層にゴブリンキングがいること自体が異常だが、その配下にホブゴブリンやゴブリンウォーリアー、ゴブリンシャーマンなどが全くいないのも違和感しかない。

俺はゴブリンキングの槍先をかわしながら、突如できたこの階層に不似合いな凶悪なゴブリンの巣に落ち着かない気分であった。

足止めをしているゴブリンキングの攻撃は鋭く。ステータスＭＡＸの力を持つ俺ですら、槍先を紙一重でかわすのがやっとであった。

「ふう、あっぶねぇ。これはもうちっと本気出さないと危ないか」

予想していたよりも強敵だ。これはちょっとだけフルパワーでやらないと、こっちがやられるかもしれん。さすがは、中層階最後の扉を守るボスなだけのことはある。

ちなみに俺の言うフルパワーとは、ステータスを下げている腕輪を外した状態のことだ。さらに言えば、その状態になった上で自分が壊れない範囲のフルパワーという意味になっている。

超越者の腕輪によって呪われた身体になった当初、力の制御の箍が外れ、身体の限界を超えたパワーやスピードが出てしまうのに困っていてさ。

物をぶっ壊すとか、世界が遅く見えるとか、身体が勝手に傷つくといった事態が相次いだので、当時勤めていた店の旦那様がなけなしの金で買ってくれた、ステータスを大幅に低下させる銀製の呪いの腕輪を常時装備しているのだ。

この銀製の腕輪は、丁稚奉公の頃から俺の親代わりをしてくれていたその旦那様の形見でもある。

おかげでそれ以後、物をぶっ壊す、世界が遅く見える、身体が勝手に傷つくといった人外越えの能力は見られなくなり、普通の——まあ、それでもステータスMAXだが——人として誤魔化せるくらいの力に落ち着いたと思う。

と、俺の昔語りをしている場合じゃなかった。そうそう、ゴブリンキングだよ、ゴブリンキング。

雑魚敵のゴブリンこそ、ファーマとアウリースの協力で一掃できたが、第二階層には明らかに場違いな敵が生成され眼の前にいるのである。

俺を捉える間合いを探しているのか、ゴブリンキングの攻撃が一旦止まったので、チラリと視線を入り口の方へ向けると、逃げのびたパーティーはすでにカーラの簡易治療を終え、そちらに向かっていた。

そろそろ限界か。助けたやつらは逃げ出せたようだし、俺たちがここで踏ん張る意味もあまりない。早々に退散して――

ヴゥンウウウン!!

撤退を始めようとしたら、腹に響く爆発音が洞窟ごと震わせる。

「グレイズさん！　出入り口が！　それにカーラさんがっ！」

アウリースが爆発の様子を伝える。どうやら、カーラが巻き込まれたようだ。かなりの規模の爆発であったため、無事かどうか気になる。カーラがいた場所に視線を向けたが、彼女の姿は窺い知れなかった。

充満していた煙が晴れると、今の爆発で完全に出入り口が崩落してしまっていた。まさかの事態に冷たい汗が背中を伝う。

「アウリース、カーラの救護を頼む！」

「分かりました。すぐにカーラさんのもとへ駆けつけます！」

援護攻撃をしていたアウリースを、カーラのもとへ走らせる。

「げふぅ」

俺と同じくカーラを気にして棒立ちだったファーマに、ゴブリンキングの槍の柄（え）がヒットしていた。

「ファーマ！　大丈夫かっ！」

ファーマは咄嗟（とっさ）に自ら飛んで、ゴブリンキングの攻撃の威力を減じさせたが、それでも風に飛ばされた木の葉のように洞窟の床を転がった。

俺はすぐにファーマに駆け寄ると、ベルトポーチの回復ポーションを飲ませる。幸い威力を殺したおかげで大きな外傷はないが、見えない場所にダメージが蓄積しているかもしれず、ファーマをこれ以上前衛で戦わせるわけにいかなかった。

「ファーマ、大丈夫か？　俺が抱えるから一旦下がるぞ」

「うう、ごめんなさい。カーラさんが気になって油断しちゃいましたー。けほ、けほ」

「喋（しゃべ）らなくていい。すまん、俺の判断ミスだ」

俺はぐったりしているファーマを抱えると、カーラを救護しているアウリースのもとに全速で駆けた。攻撃相手である俺たちを見失ったゴブリンキングは、怒りに任せて周りの巣の破壊を始めている。

全速力でアウリースのもとに駆け、ファーマをカーラの隣に寝かす。

「すまん、アウリース。ファーマも頼む。それで、カーラの容態は？」

「爆発の衝撃で飛ばされたみたいで、外傷はなし。ビックリして気を失っただけみたいです」

カーラに外傷はないと聞いて安堵(あんど)した。先ほどの爆発がかなりの規模であったからだ。規模からして、明らかに人間が作ったトラップの類(たぐ)いだと思われる。

ゴブリンが罠(わな)を作ることは知られているが、爆発物を使用するなどといった話は聞いたことがない。しかも、巧妙に偽装されたトラップ式の爆発物なんてさらにあり得ない罠(わな)だ。

今回のこのゴブリンの巣は、おかしな点が多すぎる。早々にあのゴブリンキングを倒して安全を確保しないと、俺たちの命が危ない気がした。

「すまん、アウリース。二人の救護を頼む。俺はあいつをちょっと片してくるわ」

みんなの安全を確保するため、全力を出すことを決めた俺は、背負っていた背負子(しょいこ)を置き、腕に付けていた呪いの腕輪を外す。すると、今まで感じていた自分の体重がまるで感じられなくなり、世界が全てスローモーションに変わる。

「え？　え？　アレってゴブリンキングですよ？　Sランク冒険者でもソロ討伐不可能と言われている凶暴な魔物ですからっ！　グレイズさん、無茶ですっ！」

力の一端を知っているアウリースであったが、ゴブリンキングとソロで戦える力まであるとは思ってなかったようで、明らかに驚いていた。

「多分、大丈夫だ。けど、何が起こるか分からない。万が一、俺が倒れたら、あいつのトドメは任せる。最悪でも相討ちくらいには持っていくつもりだがな」

俺が、暴れ狂うゴブリンキングへ向け駆け出そうとしたとき、床に横になっていたカーラがパチリと眼を開けた。

「グレイズ、その命令は聞けない。私たち、真の仲間と言ったはず、真の仲間は死ぬときも一緒。勝手に死ぬな」

「けほ、けほ。ファーマも戦うよ。グレイズさんだけ、戦わせるわけにはいかないのー」

「そ、そうですよ。みんなで戦えばきっと勝てます！」

三人に純真な眼で見つめられ、今まで呪いの力を恐れて、みんなに本当の自分を隠していたことが恥ずかしくなった。

この仲間たちになら、俺は本当の姿を見せられる。この呪われし身体。人外という呼び名すら当てはまらない異常な身体を持つことを知られてもいいと思える。

ありのままの自分を受け入れてくれる素晴らしい真の仲間と呼べる存在に、心が温まっていく。

「大丈夫だ。俺がゴブリンキングを倒す。今から見せるのは、俺の真の姿だ。黙っていたことは後で精いっぱい謝らせてもらう。そんな臆病(おくびょう)な俺が、仲間であると言ってくれた君たちになら見せてもいいと思えた。ここで、見ていてくれ。それでもなお、俺を仲間だと言ってくれると助かる」

「「「……」」」

俺の真の姿を見せると言ったら、三人が口を閉ざした。薄々察しているのかもしれない。

俺は三人に背を向けると、巣を破壊して暴れているゴブリンキングへ駆けた。


若気の至りで『超越者の腕輪』の鑑定をミスって呪われて以来、二五年振りに旦那様の形見の腕輪を外したが、見慣れた世界が一変している。

空気の流れすら見えるほど、世界はスローモーションになり、自分の身体は羽毛のように軽くなり、脳への血の巡りが活発化して、次々にゴブリンキングの弱点を突いた攻撃アイディアが浮かび上がる。

今の状態を例えるなら、神の化身というべき状態であろうか。

創造神であるアクセルリオン神の創世秘話で語られる、闇の者との戦いで見せた圧倒的な力というのは、このような状態から生み出されたのかもしれないな。

神の化身に等しいと思われる解放した力を使い、音よりも速く移動して、暴れ回るゴブリンキングの前に立つ。

「ワレヲ、トジコメタノハ、オヌシカ！」

暴れていたゴブリンキングがこちらを見つけると、最初に相対したときと同じ言葉を発した。

通常のゴブリンの数十倍の体躯を持ち、重装備で固めた戦士ですら肉塊に変える筋力を備え、ありえないほどのタフさをあわせ持つ、中層階のラストボスとも言える凶悪な存在。ソロ討伐は不可能と言われている強個体を前にしても、今の俺は負ける気が全くしなかった。

そのゴブリンキングが閉じ込めたとか、意味不明なことを言って怒り狂っている。この場所で生成された魔物であるはずなのに。

「何のことだ？　お前はココで生成されたのだろう？」

「ワレハ、トジコメラレタ。ココハチガウ。オヌシ、ワレヲ、タバカルトハ、ユルサヌ!!」

ゴブリンキングは勝手に怒りはじめ、槍を構え直すと、俺の方へ突撃してきた。風を纏った槍の穂先が、俺に向かって繰り出される。しかし、そのスピードは気が遠くなるほどゆっくりだった。

遅い。遅すぎる。腕輪を外す前には速く見えていたゴブリンキングの攻撃が、ほとんど止まって見える。

ゆっくり動く穂先を避け、ゴブリンキングの懐に入ると、鳩尾に一発、フルパワーの拳を打ち込む。

「ウヌッ！　グフゥ！　オヌシ、ニンゲンナノカ」

鳩尾を殴られたゴブリンキングが、身体をくの字に曲げ驚きに彩られた眼を見開いていた。

「一応、人間のつもりだ。すまんが、余裕を見せつける気はないからやらせてもらう」

俺はすぐに槍を持つ手の肩口に狙いをつけ、もう一度拳を放つ。緑色の肌に俺の拳がめり込み、ボキリという骨を砕いた手ごたえがあった。こちらの動きが速すぎるようで、ゴブリンキングは防御することすらできないでいる。

「ウウッ！　オヌシ、ナントイウチカラ」

だらりと垂れた腕から槍が転げ落ちた。ゴブリンキングは肩を押さえ、膝を突く。

「もらった！」

ゴブリンキングが膝を突いたことで、顔の位置が低くなった。そして顎先（あごさき）に狙いをつけて回し蹴りを打ち込むのにちょうどいい位置になる。俺のかかとがゴブリンキングの顎（あご）を捉えると、骨を砕いていく。

「グガァァアア！！！」

顎（あご）を砕かれたゴブリンキングが痛みで床を踏み鳴らし、もだえ苦しむ姿をさらす。戦況は圧倒的に俺が優勢である。

しかし、制限を解いたフルパワーの攻撃が、俺の身体にも深刻なダメージを与えていた。呼吸が苦しくなり、拳の皮膚（ひふ）が裂けて血が流れ、身体中の筋肉がピシピシと、激痛を発している。

「いってぇ。フルパワーって、与えるダメージより、受けるダメージの方が多くねえか……」

「フグッゥウ!!　オヌシゴトキ、オヌシゴトキ、ニンゲンニィイ！」

もだえ苦しみながら、脳震盪を起こしかけていたゴブリンキングが、首を振って意識を取り戻そうとしていた。ここで畳みかけないと、俺の身体の方がもたない。

「悪いが、これ以上付き合うことはできない。これで、終わりだ！」

俺は、跪いたままのゴブリンキングの額に狙いをつけて飛び上がると、今発揮できる最大の力を込めた拳を打ち込む。

「食らいやがれぇえええええええええ!!」

すべての制限を取り払い最大の力を注ぎ込んで打ち出した拳は、ガードをしようとしたゴブリンキングの腕を吹き飛ばし、狙い定めた額に向けて加速していった。

やがて、拳が額に触れると、しっかりと手ごたえが返ってくる。

地面に着地すると、殴った拳からは皮膚や肉がなくなり、骨が剥き出しになって大量の血が流れ出していた。

一方、拳を額に受けたゴブリンキングは喘ぐように呼吸し、額を押さえようとした。

「ウグゥウウ！　ウガァアアアアアアアアアア！！！」

ゴブリンキングの叫び声とともに額が一気に膨れ上がると、爆発して頭部が吹き飛んだ。そして、頭部を失ったゴブリンキングの身体は、ゆっくりと崩れ落ちた。

「だはあぁあああ！　勝ったぜ」

勝ったはいいが、身体は悲鳴を上げていた。

拳は皮が捲(めく)れ、肉がなくなり、骨が見え、血が流れるし、息を吸っても苦しいし、身体中の筋肉がビシビシと変な音を発していた。

ちょっと頑張(がんば)りすぎたかもしれん。

俺は身体を動かすことができなくなり、意識が遠のいていった。


額に水滴がポツリ、ポツリと伝って流れ落ちる。

誰かが俺の手を握り、必死に回復魔法を唱えていた。この温かい手はきっとカーラだろう。

すると、この水滴の主はファーマかアウリースだろうか。後頭部に柔らかな感触があるが、誰かが膝枕をしてくれているのかもしれない。

「馬鹿、馬鹿、グレイズの馬鹿。自分だけ無茶するな。馬鹿」

「グレイズさん、グレイズさん、眼を開けてよ。眼を開けてファーマのこと見てよー！　グレイズさーん！」

「二人ともグレイズさんは死んでないですから、落ち着いて。グレイズさんはすごい人だから」

ゆっくりと眼を開けると、涙で顔をびしょびしょに濡らした三人の大事な仲間が、俺のことを心配してくれていた。

「俺の真の姿を見てマジでドン引きだろ？　あのソロ討伐は無理だって言われたゴブリンキングを一人で倒ししちまうんだぜ。実は隠していたけどステータスＭＡＸとかいう化け物なんだわ。黙っていてすまない。本当にすまない。本当ならパーティー組む前にキチンと伝えるべきだったけど、俺にその勇気がなかった。こんな化け物とパーティー組めないと思ったら抜けてもらって全然かまわないぞ。誰にでも仲間を選ぶ権利はある」

カーラが負傷した腕に回復魔法を掛けながら、俺の胸を平手で軽く叩く。ちょっとだけ怒っているようだ。

「そんなの関係ない‼　グレイズ、私たちをもっと信用しろ！　馬鹿！」

ファーマは、大事そうに俺の腕を押しいただき、ウルウルと泣いている。

「ファーマは、グレイズさんのこと嫌いになんてならないよー。だって、ファーマのことを信じてくれているもん。だから、ファーマもグレイズさんのこと信じているのー。グレイズさんは化け物なんかじゃないよー。とってもいい人なんだからねー。グレイズさんを化け物って言う人はファーマがけちょんけちょんにしてやるから安心していいよー！」

そして、膝枕をしていたアウリースが、俺を覗き込んできた。

「グレイズさん、私もみんなと同じ意見ですよ。私はグレイズさんに助けてもらったから冒険者を続けられています。だからグレイズさんがどんな力を持っていようと受け入れますし、それにグレイズさんが嫌だと言っても、ずっと仲間でいるつもりですから覚悟してくださいね」

「アウリースの言う通り。私もずっとグレイズの真の仲間。エルフ、寿命長い。覚悟しておくがよい」

「ファーマもずっと一緒なのー！」

俺は三人の発した裏表のない言葉に、涙が溢れていた。人の身に余る凶悪な力を持った四十路のおっさん。しかも、およそ冒険者には向かない『商人』の俺を仲間だと言ってくれた。そんな三人と出会えたことに、俺はとても感激していたのだ。

「みんな……。ありがとう。こんな俺を仲間だと言ってくれて……ありがとう」

こらえきれなくなり、目尻から滴となって零れ落ちていく。

きっと、人前で泣いたのは、本当に、本当に小さなガキのとき以来だ。成人してからは泣いた記憶はない。

あの絶望の淵に立たされた呪いを受けたときも、父親代わりの旦那様が亡くなったときも泣かなかった俺だが、どうやら歳のせいで涙腺が緩んできたようだ。これだから、歳は取りたくない。べ、別に照れ隠しじゃないぞ。

それからしばらくの間、俺たち四人はずっと涙を流していた。この瞬間、俺にとって家族のように近しい『真の仲間』が初めてできた。

グレイズたちが例の討伐を受けたという話が、冒険者ネットワークを通じてねぐらのベッドにいたオレとミラに届いていた。

「グレイズが掛かったわよ。案外、早かったわね。今頃は物言わぬ死体になっているかもよ」

ミラがオレの身体にしなだれかかると、耳元で囁いた。その言葉に思わず顔がニヤけるのを止められなかった。

あのクソグレイズが、ゴブリンキングによってボロボロの肉塊になった姿で発見されるかもしれないと思うと、心が沸き立つ。食われて、肉すら残っていないかもしれないけどな。

「ああ、あいつの死に様を見られなかったのは心残りだがな。さて、そろそろ冒険者ギルドに討伐依頼を出させるか……。第二階層にゴブリンキングが出るとなると大事になるだろうし、すぐにでも討伐隊を募る依頼が出るだろうさ」

「そうね。伝手を使って、冒険者ギルドに通報させ――」

耳元で囁いていたミラが服を着るためベッドから出ようとしたとき、ドアが急に開かれた。

「た、大変だ！　第二階層にゴブリンキングが巣を作っているらしいぞっ！　おいムエル、ミラ。

潜ってないSランクパーティーに冒険者ギルドから召集がかかった」

「ローマンっ!!　着替え中!!　ノックしなよ！」

裸を見られたミラが、殺気とともに枕元に仕込んでいたナイフを投げ、ドアに突き立てる。

「ひぃ！　ミラ、すまん」

すぐに後ろを向いたローマンが、そのままの格好で言い直す。

「もう一度言うぞ。第二階層にゴブリンキングの巣が発見された。これにより、冒険者ギルドが討伐依頼を出したぞ！」

グレイズたちが潜ったのは今日の朝のはず。いやに冒険者ギルドの動きが速い。

グレイズたちより先に、誰かあの空洞に入ったのか？　予定していたよりゴブリンキングの討伐依頼の発生が早いぞ。

俺はミラの方をチラリと見る。ミラは軽く首を横に振っていた。まだ、冒険者ネットワークを使って討伐依頼が出るようにはしていないようだ。

「ローマン、それは誰か確認したのか？　その、第二階層にゴブリンキングがいるって？」

「ああ、すでに新人が一人犠牲になったみたいだ。他の仲間がグレイズたちのパーティーに助けられて逃げ出してきたらしい。そいつらがゴブリンキングの個体を確認したそうだ」

ローマンが後ろを向いたまま、オレの問いに答えた。

ちっ、誰だ。あの空洞に勝手に入った馬鹿は。まあ、いい。ちょっと手違いがあったが、グレイズたちがあの場所にいることの確認はできた。

表情を毛布で隠し、密(ひそ)かにほくそ笑む。

今頃はミラが仕掛けた爆発物で脱出すら不可能に陥(おちい)り、ゴブリンキングに嬲(なぶ)り殺しにされている頃だろう。

ざまあみろってんだ。

内心では喜んでいるが、そのことをおくびにも出さず、努めて冷静にローマンに答える。

「そうか。ならば、オレたち『白狼(ホワイトウルフ)』が出ないわけにはいかないな」

すぐにベッドから起き上がると、衣服を着る。

「そうね。あたしたちが出ないとゴブリンキングは討伐できないでしょうね。ローマンもそんなところで油売ってないで、早く準備しなよ」

「あ、ああ。それと今回のゴブリンキング討伐には付帯依頼があって、グレイズパーティーの救出というのがあるんだ。成功すると、追加で三〇〇〇万ウェルが商店街の連中から支払われるらしいぞ」

ローマンが言った金額に、オレは耳を疑った。

「三〇〇〇万ウェルだと!?」

「ああ、三〇〇〇万ウェルだ。その内、鑑定屋のメリーが二〇〇〇万ウェル以上出したそうだ」
鑑定屋のメリーか。あいつはグレイズにぞっこんだったな。それにしても個人で二〇〇〇万ウェルをポンと出すとは……

確かに、遭難したパーティーの救出依頼自体はよくあるが、ただ一つのパーティーの救出に三〇〇〇万ウェルもの大金が投じられることは前代未聞だ。

商店街の連中めっ！　あいつら、グレイズばかり贔屓（ひいき）にしてやがったが、今度も贔屓（ひいき）かっ！　だが、その金は無駄になる。あいつはもう、くたばっているはずだからな。

常にSランクパーティー『白狼（ホワイトウルフ）』のリーダーであるオレを軽視してきた商店街の連中も、グレイズが死ねば掌（てのひら）を返さざるを得ないさ。

オレは、ゴブリンキングに敗れて死んだグレイズの姿を脳裏に浮かび上がらせて、悦（えつ）に入（い）ろうと思ったが、そのためにはやつが死んだことを確認しなければならないと思い直して、討伐に出る準備を進めることにした。

冒険者たちによるゴブリンキング討伐隊兼救出隊はすぐに結成され、目標である第二階層の巣の位置まで来ていた。

ゴブリンキング討伐の付帯褒賞のおこぼれにあずかろうと、ブラックミルズの街に残っていた新人からベテランまでの冒険者全てが参加している。どいつもこいつも、グレイズ救出の三〇〇〇万ウェルを狙って、眼の色が変わっていた。

「こいつは、崩落しちまっているな」

「どうします？　ムエルさん」

「どうするも何も、人海戦術でこの岩を取り除くしかねえ。筋力に自身があるやつは取り除き班、あと破砕（クラッシュ）の魔法を使えるやつは大きい岩を砕いてくれ。残りはリレーで残土を地上に出すぞ」

「「「おお」」」

　事前にこの場所が崩落していることを知っていたので、オレはすぐさま周囲の冒険者たちに指示を飛ばす。参加者の中で一番冒険者ランクもパーティーランクも高いオレたちが、討伐隊の仕切り役として認められていた。実力とランクが物を言う世界なので、オレたちが仕切るのは当然だ。

　ローマンに崩落現場の復旧作業の指示を任せ、オレはミラとテントに戻る。そして、テントに入るとミラに耳打ちした。

『見事に崩落していたな。それに中も静かになっているし、あいつらはもうくたばったのかもしれんな』

『でも、ゴブリンキングがいるはずだから、音がしないってのも、ちょっとおかしいわね。退治は無理だろうから、ゴブリンキングが腹を満たして、寝ているのかもしれないけど』

『どっちにしてもグレイズたちは、くたばってそうだな。救出の褒賞三〇〇〇万ウェルは惜（お）しいが、それよりもあいつが死ぬことの方が大事だしな』

『ええ、きっと仲間たちも一緒に、骨までゴブリンキングに食べられてしまったと思うけどね。フフ』

ミラが暗い笑みを浮かべる。それにつられるようにオレも眼の上のコブだったグレイズの死を確信し、笑いがこぼれてしかたなかった。

ほどなくして崩落した岩の撤去がかなり進み、奥の様子が辛(かろ)うじて分かるようになったとローマンが伝えてきたので、再度現場に足を運ぶ。冒険者たちの欲望の力により、崩落した岩の量がかなり減っており、奥の空洞が覗(のぞ)き込めるようになっていた。代表してオレが中を覗(のぞ)き込む。

薄暗い空洞が広がっていた。すでにゴブリンの姿はなく、ゴブリンキングの姿も確認できなかった。ただ、オレの鼻に非常に食欲を刺激するいい匂(にお)いが漂ってきた。グレイズたちが死んだはずの場所から漂ってきたいい匂(にお)いに対し、とても嫌な予感がする。

「おいっ！　ローマン！　急いで岩を吹き飛ばせっ！　あとは爆破(ボム)の魔法で構わんっ！」

「わ、分かった。魔術士たち、集まれ！　他のものは小部屋に退避しろ」

オレの言葉を聞いたローマンが指示を出す。すぐに魔術士たちが集められ、爆破(ボム)の魔法の詠唱が始まっていた。

ズッウンンン！！！

残り少しになっていた岩が爆破（ボム）の魔法で粉々に吹き飛ぶと、白煙が辺り一面に広がる。

やがて煙が晴れると、奥の空洞の様子が見えてきた。そこには、グレイズがいた。しかも、誰一人パーティーが欠けることなく、楽しそうにキャンプを張って、食事に舌鼓をうっていたのだ。

その姿を見た冒険者たち全員が呆気（あっけ）に取られている。

「おお、ようやく開通したか。さっきから音がしていたから待っていたんだ。ごくろうさん、ごくろうさん、みんなの分の食事も作ってあるから、食べてってくれ。ああ、遠慮はするなよ。救出してもらったお礼だ」

グレイズが大鍋で大量に作った煮込（にこ）み料理を、次々に冒険者たちに配りはじめた。オレの鼻孔をくすぐったのは、その煮込（にこ）み料理の匂（にお）いだったらしい。

あ、あの野郎！　生きてやがる！　生き残りやがった！　クソっ！　クソッ！　ゴブリンキングのやつはどうなったんだっ！　なんで、生き残ってやがるんだっ！　あークソっ！　意味分からねぇぞ！　クソがぁーーー!!　ちくしょーーーーーーーー!!

グレイズの姿を見つけたミラが、怒りを必死で抑えているオレの手を引き、テントに連れ込んだ。

『ちょっと、なんであいつが生きているのよ』

『オレが知るかっ！　あいつがゴブリンキングを倒せるわけがないだろうがっ！　オレですらソロでは倒せないんだぞ』

『あのクソ女たちが助けたのかしら……。でも、アウリース以外はカスみたいな冒険者のはずよ』

『だが、実際あいつらは生き残っているんだ。ゴブリンキングの姿もないし』

『クソ、クソっ！　グレイズを葬れたと思ったのにっ！　なんでよ！』

『あいつが無事だとなると、今回の件がバレるかもしれねぇ。あいつはそういった勘だけはやたらと鋭いからな。オレたちは一度退散して、関係した奴に口止めしとかねぇと。バレたらえらいことになる』

『クッ！　そうね。今回、あたしたちが関与したことを知る人物は消しておきましょう。くやしいけど、グレイズの抹殺はまた別の機会にするわ』

『ああ、絶対にいつか殺してやる。今回は命拾いしただけだ』

残念ながら、グレイズのやつは悪運強く生き残りやがった。本当に忌々しい限りだ。今すぐにでも首を飛ばしたいが、今回のことが明るみに出れば、オレたちの地位も危ないので、まずはオレたちが関わったことを知る者を始末することを優先する。

次こそ、完璧にあいつを抹殺してやるからな。

オレとミラは、戸惑うローマンをその場に残し、地上へと足早に戻り、後始末をするハメになった――

成長促進と願望チートで異世界転生スローライフ?
Seichou sokushin to Ganboucheat de isekai tensei slowlife?
後藤蓮
Gotou Ren
反則級願望充足ファンタジー、開幕!
過剰スキルで超絶ゆったり異世界生活!
第11回アルファポリス
ファンタジー大賞
特別賞受賞作
!!!
暴走トラックから女子高生を庇って貴族家の次男に転生した少年ルカルド。彼は神様にもらったチート能力により、願うだけでありとあらゆるスキルを取得できる。おまけに、ちょっと鍛錬すればスキルレベルは急上昇。三歳にして歴史上のいかなる英雄よりも優れた能力を身につけてしまった。でも、そんな力に驕ることなく、家族とともに暮らす小さな幸せを噛みしめ、自由気ままな異世界ライフを満喫する!
●定価:本体1200円+税　●ISBN:978-4-434-25751-3　●Illustration:満水

Ochikobore [☆1] Mahoutsukai wa, Kyo mo Muishiki ni Cheat wo Tsukau....
落ちこぼれ
[★1]魔法使いは、
今日も無意識にチートを使う
1~3
Presented by Kousuke Unagi
右薙光介
無能印の天才!?
☆の数が全ての世界でのし上がる!
アルファポリス人気ランキング月間第1位!

底辺魔法使いの人生逆転ファンタジー!

最低ランクのアルカナ☆1を授かったことで、冒険者としての夢を絶たれた少年――アストルは、ギルドで居つきの治癒魔法使いとして細々と活動していた。ある日、馴染みの冒険者の魔物討伐に同行したところ、彼が独自に研鑽した魔法技術と柔軟な魔法運用に、熟練冒険者達が驚愕。その力を高く買われ、アストルはパーティメンバーとして迎え入れられたのだった。頼れる仲間を得た稀代の魔法使いが、最低評価を覆す!

1~3巻好評発売中!
●各定価:本体1200円+税　●Illustration:M.B

巻き込まれ召喚!?
Makikomare syokan!?
soshite watashi ha kami deshita??
そして私は『神』でした??
①・②
著 まはぷる

この作品に対する皆様のご意見・ご感想をお待ちしております。

おハガキ・お手紙は以下の宛先にお送りください。

【宛先】

〒150-6005 東京都渋谷区恵比寿4-20-3 恵比寿ｶﾞｰﾃﾞﾝﾌﾟﾚｲｽﾀﾜｰ 5F
（株）アルファポリス　書籍感想係

メールフォームでのご意見・ご感想は右のＱＲコードから、
あるいは以下のワードで検索をかけてください。

ご感想はこちらから

本書はWebサイト「アルファポリス」（http://www.alphapolis.co.jp/）に投稿されたものを、
改題、改稿、加筆のうえ、書籍化したものです。

おっさん商人、仲間を気ままに
最強ＳＳランクパーティーへ育てる

シンギョウ ガク

2019年 2月28日初版発行

編集ー加藤純・太田鉄平
編集長ー塙綾子
発行者ー梶本雄介
発行所ー株式会社アルファポリス
〒150-6005 東京都渋谷区恵比寿4-20-3 恵比寿ｶﾞｰﾃﾞﾝﾌﾟﾚｲｽﾀﾜｰ5F
TEL 03-6277-1601（営業） 03-6277-1602（編集）
URL http://www.alphapolis.co.jp/
発売元ー株式会社星雲社
〒112-0005 東京都文京区水道1-3-30
TEL 03-3868-3275
装丁・本文イラストー悠久ポン酢
装丁デザインーAFTERGLOW
印刷ー中央精版印刷株式会社

価格はカバーに表示されてあります。

落丁乱丁の場合はアルファポリスまでご連絡ください。

送料は小社負担でお取り替えします。


ISBN978-4-434-25752-0 C0093